诺贝尔文学奖作品精选

Nobel laureates in Literature

插图版

大森林

〔美〕威廉·福克纳／著

李兴海／编译

海豚出版社

DOLPHIN BOOKS

CICG 中国国际传播集团

图书在版编目（CIP）数据

大森林 / （美）威廉·福克纳著 ； 李兴海编译 . 北京 ： 海豚出版社， 2025. 6. --（诺贝尔文学奖作品精选）. -- ISBN 978-7-5110-7337-2

Ⅰ . I712.45

中国国家版本馆 CIP 数据核字第 20251XJ389 号

大森林

（美）威廉·福克纳 **著** 李兴海 **编译**

出版人 王 磊
责任编辑 熊 隽 王洪聪
特约编辑 杨京京
封面设计 宋双成 冉振琴
责任印制 蔡 丽
法律顾问 北京市君泽君律师事务所 马慧娟 刘爱珍
出　　版 海豚出版社
地　　址 北京市西城区百万庄大街24号
邮　　编 100037
电　　话 010-68325006（销售） 010-68996147（总编室）
印　　刷 天津泰宇印务有限公司
经　　销 全国新华书店及各大网络书店
开　　本 710 mm×1000 mm 1/16
印　　张 11
字　　数 125千
版　　次 2025年6月第1版 2025年6月第1次印刷
标准书号 ISBN 978-7-5110-7337-2
定　　价 39.80元

开篇语

威廉·福克纳以他独特的笔触探索人类心灵的深邃与广袤，绘制出一幅幅关于人性、历史与自然的绚丽画卷。作为二十世纪美国文学的璀璨明星，福克纳的作品意境深邃，情感细腻，不仅深刻地刻画了美国南部的风土人情，还以独特的艺术手法构建了一个独特的文学世界。

这部短篇集精选了福克纳的七篇力作——《那头熊》《花斑马》《傻大个儿（节选）》《狩猎》《清晨的追逐》《两位士兵》与《夕阳（节选）》，每一篇都是文学世界中的瑰宝，它们共同勾勒出了一幅关于成长与冲突、传统与现代的宏大图景。这些故事不仅对个体的命运进行了细腻描绘，还对人性进行了深刻剖析。

威廉·福克纳，这位生于十九世纪末、逝于二十世纪中叶的文学巨匠，其创作生涯与时代的巨大变迁紧密相关。从南北战争的余波到第二次世界大战的硝烟，福克纳见证了美国社会的动荡与转型，时代的烙印深深嵌入了他的作品之中。他在文学作品中，虚构了“约克纳帕塔法世系”[1]，通过对一个虚构地域的深度描绘，反映了整个美国

[1]威廉·福克纳创作的小说中绝大多数故事发生在虚构的约克纳帕塔法县，被称为“约克纳帕塔法世系”。

南部社会的变迁。福克纳借世代家族的兴衰沉浮，探讨了种族、阶级、道德、自由等主题，展现了一个有深度的文学世界。

本书中的第一篇作品——《那头熊》，既是一个男孩与自然界的对抗与妥协，又是对成长的深刻隐喻。艾萨克在山姆的引领下，从敬畏自然到逐渐理解自身与自然、文明与野性的界限，最终选择放弃本应继承的奴隶和土地，这一转变象征着他个体意识的觉醒与自我超越。在这片充满象征意义的森林中，“老班”不仅是自然力量的化身，还是传统、蛮荒时代的象征，艾萨克的成长，预示着一种新的社会秩序和价值观念的萌芽。

《花斑马》《傻大个儿（节选）》等其余六篇则以不同的叙事角度和情节设计，进一步深化了福克纳对于人性的探索。无论是兄弟间生死与共的深厚情谊，还是人们在日常生活中微妙的情感交流，或是对衰老与死亡的思考，这些故事情节无不展现了福克纳对人性细微之处的精准捕捉与深刻剖析。它们共同构建了一个丰富多彩而纷繁复杂的文学世界，让读者在每一个角色的命运起伏中，感受到生活的酸甜苦辣，以及在逆境中不屈不挠的精神力量。

福克纳是意识流文学在美国的代表人物，他的文学创作，尤其是其短篇小说，以其独特的意识流技巧和丰富的象征意象，颠覆了创作模式。他那富有诗意的语言，如同密林深处的溪流，既清澈又神秘，引领读者穿越时空，与主人公产生共鸣。

阅读本书，我们不仅能够领略福克纳作为文学大师的非凡才华，还能感受到人性的复杂和多面，更深入地了解人类的情感和行为的动机。在这些故事中，我们看到了勇气、牺牲、爱与希望，也看到了在不断变化的世界中，人性的光辉永恒。福克纳的作品，鼓励我们反思历史、文化和社会的变迁，培养我们独立思考和思辨的能力。

因此,我们谨以此书,邀请各位读者走进福克纳构建的文学世界，体验他那个年代的历史、文化和风土人情，从而提升文学鉴赏能力，同时深化对人性的理解与对社会的洞察。

目录 Contents

那头熊

这个故事围绕着一位猎人、一条狗以及两只野兽展开，两只野兽中包括一头叫老班的熊。布恩·霍根贝克，这个与山姆·法泽斯有着相似血脉的猎人，其血统源自平民，而山姆、老班以及混血狗“狮子”则代表了这片土地上未受玷污的纯净。

少年艾萨克，已满十六岁，六年的猎人生涯使他耳闻目睹了众多传奇故事。这些故事述说着辽阔无边、历史久远的荒野与森林，它们的存在远早于人类的文字记载。无论是白人对土地的侵占，还是印第安人对故土的守护，都无法改变荒野的原始本色。它见证了德·斯班少校的土地交易，老托马斯·塞德潘的得失和契卡索族酋长伊凯摩塔勃的过往。一切事情在荒野面前都显得微不足道。

在猎人讲述的故事中，主人公有坚韧不拔的猎人、机敏的狗、勇猛的熊以及敏捷的鹿。它们共同编织了一幅荒野生活的图景，它们遵循着自然界的严酷法则，并进行着永恒的生存竞争。这些叙述不只是对狩猎成果的炫耀，还是一种精神的传承，是对勇气、智慧、生存技巧的赞颂。那些战利品不单单是书房或者营地里的装饰品，还是围坐在篝火旁时与他人分享经历的媒介。当然，分享的过程中少不了酒的参与，这些仅供猎人享用的酒象征着从野性中提炼出的力量与对猎人的尊重。这些酒不只是对猎获的庆贺，更是对猎人精神的敬意，不掺杂任何世俗的贪欲，只在慎重与敬畏中品味，是对大自然赋予能力的认同而非寻求超越自然法则的捷径。

在这十二月的清晨时分，艾萨克觉得用一杯威士忌去开启狩猎之旅，是件极为自然的事。他随后察觉，这个习惯实际上在他成年后首次踏入森林时便开始了。那日，他的堂兄麦卡斯林领着他进入了猎场。在那片一望无垠的森林，麦卡斯林向他发起挑战，要他凭借谦逊和毅力去赢得猎人的尊严。

尽管在那时艾萨克尚未目睹那头传奇的老熊的身影，他却似乎已然继承了它的精神——那头因捕兽夹致残却声名远扬、被赋予了名字的老熊，它的故事即使在百里之外都广为人知。有关它破坏农舍、偷窃粮食、掳走牲畜、摧毁陷阱、重创猎犬、子弹无法伤它分毫的故事不胜枚举。

这头庞大的生物在艾萨克出生之前就开启了它的征程，犹如一台无法阻拦的火车头，缓慢而笃定地在森林中穿梭，留下了深深的足迹。它在艾萨克的梦中时常出现，庞大却毫无攻击性，然而对于那些企图挑战它的猎狗、骏马、人类乃至子弹而言，它太过庞大。同时，对于它所栖息的面积日益缩减的荒野来说，它也太过庞大。

艾萨克本能地感觉到，尽管他对自然尚未全然洞悉，但荒野的命运终归会走向消亡，它的边界正被犁和斧头一点点蚕食。人们对这片荒野心怀恐惧，只因他们数量众多且彼此生疏。他们在这片土地上传颂着老熊的名号，仿佛这头超越了生死的野兽承载了一个早已远去的时代的不屈意志，它是原始荒野的幽灵、缩影和神话，是旧日蛮荒生活的一种象征，抵御着现代文明的侵蚀，坚守着最后的堡垒。

人们对这片古老的荒野心生畏惧和厌恶，他们仿佛要去挑战一头沉睡的巨象一样，用犁和斧头一点点地侵蚀着森林的边界。而那头老熊，孤独而坚毅，没有伴侣，没有后代，它超越了死亡的威胁，宛如失去了王后的长寿国王普里阿摩斯，独自屹立。

在艾萨克小时候，他每年十一月都会目睹狩猎队伍的到来，队伍里有猎狗、狩猎装备和猎人，包括他的表兄麦卡斯林、谭尼之子吉姆和山姆·法泽斯，他们一起进入大森林深处。对他来说，这不仅是追捕熊和鹿的旅行，还是向那头他们从未打算真正捕杀的老熊致敬。两周后，队伍空手而归，这完全在他的预料之中。他从未奢望过能捕获老熊，更不承想过自己会成为射杀老熊的猎人。

艾萨克相信，只有在森林中历经磨难，证明自己身为猎人的价值后，才能踏上追踪那神秘足迹的旅程，参加每年十一月对不朽老熊的庄严朝圣之旅。他会与麦卡斯林、德·斯班少校、康普生将军、华尔特以及其他猎人，还有那些不敢对老熊吠叫的猎狗，一同完成这场朝圣仪式。

终于，艾萨克期待已久的时刻到来了。他和表兄、少校和将军一起坐上四轮马车，在十一月的冷雨中，驶向那片仿佛永远被蒙蒙细雨笼罩的荒野。在他的记忆中，那是一幅像末日黄昏一样的画面，无尽的树木构成了一道密不透风的屏障，似乎难以穿越，但他知道山姆正在森林深处等待。马车在最后的开阔路面缓缓前行，人类的痕迹在这里显得微乎其微，仿佛只是对古老森林的一次轻微触碰。马车不断前进，它在广袤森林的映衬下显得极为渺小，就像一叶小舟在无垠的海洋上轻轻摇摆，直到一片水域逐渐显现，露出一个小小的避风港，那就是他们的目的地——泊地。

他踏入了大森林，山姆裹着厚厚的被子在骡车旁默默地等待着，那温驯的骡子吐出一股白气。有了山姆的陪伴，艾萨克开始学习真正的野外生活，就像小时候追逐小动物时山姆在一旁指导他一样。他们一起蜷缩在潮湿却暖和的被褥中，四周充满了熟悉的气息。路径只在前方隐约可见，被骡车碾过后又隐藏了起来，森林仿佛为他们敞开怀抱，又在他们身后悄然闭合。骡车就像漂浮在无形的气流中，悄然无息地前行，他们的眼前只有微弱的光线透过。

在这一瞬间，他好像重新回到了自己成长的起点，一切既新鲜又熟悉，仿佛是旧梦重现。

他们到达了营地，六间简朴的小屋耸立在木桩上，这样可以防止洪水侵袭。他本能地投身到看似混乱却又有条不紊的工作安排中，对每一个步骤都了然于胸。

在接下来的两周里，艾萨克品尝了粗糙但别有风味的食物——此前从未尝过的鹿肉、熊肉、火鸡肉和浣熊肉，这些都是猎人们亲手烹制的野外美食。夜晚，他裹着毛毯入睡，就像真正的猎人一样。

每天清晨，他都和山姆驻守在指定的隐蔽观察点，那是最不显眼的位置，收获往往也最少，这符合他对自己的预期，他并不指望首次狩猎就能听到猎犬的追逐声。然而，在第三天的黎明，一阵低低的声

响越来越近，虽然位置不明，却异常清晰，他确定那是猎犬群奔跑的声音——尽管他以前从未听过如此众多的猎犬同时奔跑的声音。声音渐渐增强，一声声犬吠清晰可辨，他甚至能够分辨出表兄那五条猎犬的叫声。这出乎意料的体验为他的初次狩猎增添了一抹非凡的色彩。

“好的，”山姆示意着，“把枪口稍微往上抬高一点点，打开保险，然后别动。”

是的，时机还没到。他学会了等待，也比之前更有耐心。毕竟，他只有十岁，从成为一名猎人到现在，才过了一周时间。那一瞬间如风而过，他真切地看到了那只公鹿。烟灰色的身影在快速奔跑中被拉长，然后消失不见。尽管猎犬的吠叫已经停止，但余音仍在森林和晨雾里回荡。不久之后，远处幽深的树林和朦胧的晨曦中，传来了两声枪响。

“现在，关闭保险。”山姆说道。他照着指示去做。

“你早就料到了吧？”艾萨克问。“没错，”山姆回答道，“我教你学习了在扣动扳机之前该怎么做。在熊或者鹿逃跑后的混乱中，人和狗经常会因为枪支走火而受伤。”

“刚刚逃跑的并不是它。”艾萨克说道，“甚至都不是一头熊，只是一只鹿而已。”

“是的。”山姆点头，“只是一只鹿。”

又是一个清晨，这是第二个星期中的一天。猎犬们又开始吠叫起来。这一次，艾萨克没等山姆提醒，就按照之前学到的，准备好了那杆对他来说又长又重的枪。虽然他感觉这次猎犬和鹿的距离更远，吠声几乎听不清，但是，这次的声音和之前听到的猎犬追逐猎物时的叫声不一样。此时，山姆走到了他旁边，尽管他记得山姆说过，准备好枪后，就应该站在一个可以看到四周的位置，不能乱动。

“听。”山姆轻声说。

他仔细倾听着，这并不是猎狗锁定目标后发出的那种响亮有序的吠声，而是一种混乱、尖锐、带着紧张和不确定的叫声。艾萨克不太明白这意味着什么，只知道猎狗们这次不够果断，也不够敏捷。奇怪的叫声持续了一段时间，最后听不见了，但空气中似乎还留有那尖锐、近乎人声、悲伤的回声。这次他没有看到模糊的、逃跑的身影，他只能感受到他肩膀旁山姆的呼吸，看见老人吸气时鼻子的动作。

“是老班！”艾萨克低声惊叫道。山姆没有动，直到声音完全消失后才缓缓转过头来，鼻子轻轻地抽动着。

“嗯。”他说，“它不是在跑，而是在走。”

“但它来了！真的来了！”艾萨克兴奋地说。

“它每年都会来。”山姆说，“阿许和布恩说它来这里是为了赶走其他的小熊，让它们躲起来，等猎人离开后再回来。或许真的是这样。”

艾萨克听不到其他声音了，但山姆的头仍在缓缓转动着，直到后脑勺对着他。半晌山姆才转过头来，看着艾萨克。老人那张熟悉而严肃的脸上，只有微笑时才有变化。艾萨克凝视着那双苍老的眼睛，看到深邃的光芒在闪烁——那是激动和自豪的光芒，随后又渐渐地黯淡下去。

实际上，那头熊完全不在乎狗和人，也不关心其他熊的情况。它只想知道今年的营地中有哪些新人、他们的枪法如何、是否能够坚持下去。它想知道我们是否找到了一只勇敢的狗，能够用叫声吸引带枪的人的注意。因为它是所有熊的领袖，是熊中的智者。

那束光芒消失后，山姆的眼睛又变回了艾萨克熟悉的样子。“它会领着狗去河边，然后让它们自己回家。我们也回去吧，看看它们回来时是什么样子。”

那些猎狗比他们更早到达营地，总共有十只，躲在厨房桌子底下挤成一团。艾萨克和山姆蹲下来，凝视着这群安静的猎狗，它们眨着眼睛，散发着一种特殊的气息，它们不像狗，更像野兽。他们隐隐听见尖锐的叫声在空旷的森林回荡。当第十一只狗在下午回到营地时，他们抚摸着这只仍在颤抖的母狗，山姆用松节油和机油处理它的伤口，他们相信，伤害这只勇敢的母狗的不是别人，而是大自然本身。

“它像人一样。”山姆说，“有自己的尊严。它努力坚持，因为作为一只狗，必须勇敢，哪怕要为勇敢付出代价。如果不这样做，它就不是真正的狗了。”

他不记得山姆是何时离开的，接下来的三天，他起床吃早餐时，山姆都不在那里等他。艾萨克独自去了守候猎物的地方，现在他不需要指引也能找到那里。他按山姆教给他的那样，在那里坚守着。

守到第三天的早晨，狗又开始吠了，它们在追逐着猎物。艾萨克赶紧做好射击准备，但猎物转瞬即逝，他意识到自己还没有准备好。两周的时间对他来说太短了，大自然不会再给他第二次机会。枪声响起，那是华尔特·艾威尔的枪击中了猎物。现在，他不仅可以自己找到隐藏的最佳位置，还可以凭借表兄给他的指南针找到华尔特。后者正在保护着猎得的公鹿，猎狗们则在争食公鹿的内脏。

德·斯班少校和吉姆还没来，阿许大叔也没有来。骑着阿许大叔那据说不怕血腥味的独眼骡前来的是山姆，他回来了。

午餐后，山姆让艾萨克骑上独眼骡，他自己则骑了另一匹。他们在阴暗的下午骑行了几个小时，没有走惯常的路径，而是来到了一个艾萨克从未去过的地方。这时，艾萨克明白了为什么山姆让他骑独眼骡：它不会因为野兽散发出的血腥气味而惊慌。而山姆骑的骡子却试图逃跑，山姆立即跳下地稳住了它。

他们站在黑暗的森林里，艾萨克低头看着那根带爪痕的朽木，还有地面上那巨大的扭曲的脚印。此刻，他明白了早上猎狗吠叫的原因以及蜷缩的狗群为何会散发出恐惧的气息。这种感觉他现在也有，那是一种渴望，一种敬畏，一种身处古老森林中的无助感，但他没有感到犹豫和恐惧。他口中有一股金属味，身体某处产生了剧痛，但他不确定是哪里痛，但这不重要。他第一次意识到，那头在他的梦境和家族记忆中出现的老熊，是会死去的生物。他们每年十一月来到营地，并不是想要杀死它，也不是因为打不过它，而是他们还不想让它离去。

“我们明天就出发吧。”艾萨克建议说。

“你想试试看？”山姆回答道，“但我们还没找到一只合适的猎狗呢。”

“我们已经有十一只了。”他坚持说，“周一的时候它们还活力满满。”

“你听到它们叫了。”山姆说，“也看到了它们的状态。它们都不是那只对的狗。只要带一只优秀的狗就足够了，但我们还没有找到它。也许世上根本就没有这样的狗。现在唯一的机会就是碰到一个枪法好的猎人，才有可能猎到熊。”

“那个人不可能是我。”艾萨克说，“可能是华尔特，也可能是少校，或者……”

“有这种可能性。”山姆说，“你明天仔细观察。老班很聪明，能活到现在就是凭这一点。如果它被围住，必须突破包围的话，它会选择你作为突破口。”

“为什么？”艾萨克疑惑地问，“它怎么知道……”

艾萨克停了一会儿，继续说：“你是说它认识我，知道我是个新手，还没能证明自己……”

他再次停下来，疑惑地看着山姆。他似懂非懂地说：“这样说来，它是来考验我的。我觉得，它只需要一次就能做出判断。”

“你明天仔细看。”山姆说，“我们现在最好回去，在天黑前必须回到营地。”

第二天一大早，他们就出发了。这一次，厨师阿许大叔也一起，他自称是狩猎队的厨师，主要为德·斯班少校的狩猎队服务。然而，荒野并没有对他多加看重，除非某一天，就像他们所有人一样，包括两周前刚见到荒野的孩子，他也会因为猎犬的伤痕、地面上的足迹而变得异常兴奋。

他们选了骑马和坐马车前进，因为路途太远，根本不可能走过去。

队伍分成了两组：艾萨克、山姆和阿许大叔带着猎狗坐在大车上，而堂兄麦卡斯林、德·斯班少校、康普生将军、布恩、华尔特和吉姆则两人共骑一马。

就像两周前的那个清晨一样，晨光初现的时候，艾萨克独自一人，站在一条狭窄的小溪边，靠在一棵巨大的橡树上。溪水静静地流淌着，从茂密的芦苇丛中缓缓涌出，穿过一小片空地，又消失在另一片芦苇丛中。在那片森林的深处，有一只啄木鸟——黑人称之为“上帝的使者”——正在啄着木头，啄木头的声音清晰地传来，但艾萨克却看不见它。

在这个地方蹲守和其他地方并没有太大的区别，虽然这个地方他未来过，但除了一些微小的细节，和之前的地方相比也并不算特别。艾萨克在这个新的位置已经蹲守了近两周，他已经开始对这里有一些了解——寂静、荒凉，仿佛人类只是匆忙路过，没有留下任何痕迹，就像山姆的祖先最初踏入这片土地时一样。那时的印第安人手持着木棒、石斧或兽骨箭，警惕地四处张望，随时准备战斗。但是，有一点不同的是，他昨天在厨房旁边看到了一个熊的脚印，还闻到了厨房桌子底下那群猎狗散发出的如黄铜般的气味。他悄悄地，躲进了一处芦苇丛。

他没有听到狗的叫声，但他通过察觉啄木鸟的敲击声戛然而止，判断出熊正在观察他。他看不到熊，不知道它是在前面的芦苇丛还是在他身后。他保持不动，抱着不能使用的枪，他无论何时都不会对熊开枪。此时，他又感觉到口中涌出了黄铜的味道，就像昨天他看到厨房桌子下面那群猎狗时闻到的气味一样。不知何时，熊走了。啄木鸟的敲击声又突然恢复了，和停止时一样突然。

过了一会儿，他以为自己听到了狗的声音——一阵模糊的很低的声音，几乎听不到。他听了一会儿，也许是一两分钟，才意识到这声音飘进了他的耳朵，然后又飘走了，渐渐消失了。猎狗们没有靠近他。如果那是狗的声音，他不敢确定；如果它们追逐的是一头熊，那也一定是另一头熊。最后，山姆从芦苇丛中走了出来，穿过小溪，受伤的母狗紧紧地跟在他后面，它走到艾萨克身边，贴着他的腿，颤抖着躺下来。

“我没看见它，山姆，真的。”艾萨克说道。

“我知道。”山姆回答道，“它只是来看看情况而已。你也听不到它的声音，对吧？”

“是的。”艾萨克说，“我……”

“它太聪明了！”山姆感叹道，“太狡猾了！”

山姆低头看着紧贴在小孩腿边颤抖的母狗，艾萨克又一次在山姆眼中捕捉到了深邃的光芒。母狗受伤的肩膀上挂着几滴像鲜红浆果一样的血珠。

“熊太大了，我们还没找到合适的猎狗。也许某天会找到的。”山姆喃喃地说。因为每一次过后都会有下一次，再下一次，而他才十岁。他仿佛能隐约看到他们两个，在模糊的时空中——时间源起并成形的地方——那头不受死亡束缚的老熊，以及他，他似乎也沾染了老熊的灵性。因为他现在明白了，自己从那群猎狗身上嗅到的，从自己的唾液中尝到的是恐惧，就像一个少年偶然接触到因多情而被众多男子追求的女子，会本能地感到不自信，甚至会紧张、害怕。他下定决心，一定要见到老熊。

第二年的夏天，六月份。为了庆祝德·斯班少校和康普生将军的生日，他们再次聚集在营地。尽管少校的生日在九月，将军比他大了将近三十岁，但每年六月，麦卡斯林、布恩、华尔特·艾威尔，现在还有艾萨克，都会在营地度过两周时间。他们在此钓鱼、打猎、抓松鼠，晚上还会带着猎狗去追逐熊和山猫。确切地说，是布恩、几个黑人，现在再加上艾萨克，去钓鱼、打猎、追熊和山猫。德·斯班少校和康普生将军则会坐在摇椅上，面对着煮着布伦瑞克炖菜的锅，边搅拌边品评，与阿许大叔争论最佳的烹饪法，吉姆在一旁为他们斟酒。年轻的麦卡斯林和华尔特，他们更愿意用手枪打野鸡，比拼枪法。

直到第三天晚上，艾萨克心里依然盘旋着那个想法。每天吃完早饭后，他都会离开帐篷，手里拿着那份特别的圣诞礼物——一把崭新的猎枪。这把枪后来成为他的伴侣，陪伴了他近十年。不过，枪管和机件换了两次，枪托也更新了一次，除了刻有他和麦卡斯林的名字以及某个日期的银色护圈外，其他部分都不是当初的模样了。

他回到小溪边，在去年倚靠过的老树周围，利用指南针，四处探索。他默默地锻炼自己，让自己成为森林中最敏锐的猎手——尽管他自己并没有意识到。

第三天，他来到了那个被挖空的枯木旁，那是他最早发现熊踪迹的地方。它有了很大的变化，以惊人的速度复原着，似乎能用肉眼看见它在濒死的状态中复苏，迫切地融入滋养它的大地中。

艾萨克在墨绿色的森林深处巡逻，夏日的森林比十一月的要灰暗、深沉得多。阳光在静止的叶片间洒下光斑，地面还没有完全干透，蛇的影子若隐若现，它们的身体与环境融为一体，不活动的话几乎难以察觉。

这一天，艾萨克回来得很晚，他越过马厩的栅栏，在昏暗中找到了在这里过夜的山姆。

山姆看到艾萨克，平静地说："你这样做是错的。"他语气坚定，像海浪冲垮沙堡一样坚决。

"是的，你说得对。但是，我们能做些什么呢？我去了小溪边，甚至找到了那根枯木……"

"你的方式错了，也许它一直在留意着你。你没看到它的踪迹吗？"

艾萨克犹豫地回答："我……我没留意到……"

"都是因为那支枪。"山姆说道。他站在栅栏边上，穿着破旧的工作裤，戴着一顶简陋的草帽——以前是奴隶的标志，现在是自由的象征。德·斯班少校在这片荒野开拓出的领地，现在已经沉入了森林的阴影中，被暮色包围。

艾萨克思索着，是的，都因为那支枪，一切都因为那支枪。

"你必须做出选择。"山姆说。

次日，天还没亮，艾萨克就离开了营地。阿许大叔还在床上睡着，炉火还未点燃。他只带了指南针、老银表和防蛇棍，他不用频繁查看指南针，都能在正确的方向上行进一英里。他坐在枯木上，确认好指南针后，又开始向前走。黎明前的森林格外安静，只有鸟儿的鸣叫声偶尔传来。他看到了一对鹿——母鹿和幼崽，它们离他不远，身边的一切都清晰可见——被压倒的灌木、白色的鹿尾巴，小鹿跟在母鹿后面，奔跑的速度快得惊人。

他逆风行猎是对的，但今天这都不重要。他没有带枪，他是自愿这么做的，不是策略，而是条件。于是，老熊的谜团被解开了，狩猎与被狩猎者的古老法则也被打破了。他并不害怕，即使某一刻的慌乱会控制他的肌肉和记忆，但是他身体里暗藏的古老的灵魂之火让他有了超乎寻常的勇气。未来大约七十年，他将与熊和鹿共存。就如山姆所说："恐惧会存在，但不要被它吓倒。野兽也有它的恐惧，但勇敢者不会被恐惧伤害。"

中午的时候，他已经远离了小溪的渡口，来到了一个全新的地方。这次行动，手里的指南针和父亲留给他的那块沉甸甸的、像饼一样的老银表帮了他大忙。

离出发已过了九个小时，他知道，随着太阳慢慢地往西边移动，夜晚快要来了。这时，他第一次停了下来，坐在了一根木头上，用指南针分辨好方向后，他站起来擦了擦汗，看了看四周。他已经主动地、心甘情愿地放弃了一些东西，这种放弃是平和的，也是无悔的，但显然，这还不足以让他完全融入荒野，仅仅是不带枪还不够。

作为这片未经标记的荒野的外来者，艾萨克被高耸入云、郁郁葱葱的绿色包围，显得那么渺小，那么迷茫。随后，他做出了决定，把身上最后的文明痕迹——表链和挂着指南针的皮带从衣服上解下来，把它们挂在灌木枝上，把防蛇棍靠在一边，然后毅然决然地走进了森林深处。

找不到方向的时候，艾萨克按照山姆的教导，耐心地在四周摸索。在后来的几个小时里，特别是在丢弃了指南针和表之后，他的步伐变得更慢了。他仔细地看着每一寸土地，希望能找到熟悉的标志，但所有的努力似乎都是白费，他没有发现任何自己或其他生物留下的痕迹。他的心跳稍微快了一些，但仍然保持着稳定的节奏，他加快了步伐，但并没有惊慌。然而，他所看到的并不是之前的那棵树，因为在它旁边多了一根枯木，还有一片正在渗水的、湿润的小水坑。就在这里，艾萨克发现了山姆教他最后一招时提到的关键线索——一个扭曲的脚印。它在湿润的土壤中慢慢被水填满，边缘开始模糊。他抬头一看，第二个、第三个脚印依次在前方出现，他跟着脚印走，每一步都落在脚印上，生怕错过了任何一个可能消失的线索，艾萨克的心里充满了坚定和渴望，心跳得像鼓点一样快而有力，呼吸也变得有些急促。

最后，他走进了一片开阔的林中空地，那棵树、那丛灌木、指南针和表在阳光下闪闪发光，就像久违的朋友，静静地迎接他的到来。

就在这时，他的目光落在了那头熊身上。它并不是突然出现的，而是早就存在于这片静谧的绿色和斑驳的午后阳光中。它的体形没有艾萨克梦中的那么大，但却和他想象中的非常接近，甚至更大，仿佛融入了闪烁的阴影中。熊打量着他，他也望着熊。然后，熊不慌不忙地穿过空地，走进明亮的阳光下，又停下来，回头看了他一眼，最后消失不见。它不是躲进树林了，而是像荒野的一部分，无声无息地与环境融为一体，就像他记忆中那条悄悄沉入深池的老鲈鱼，没有在水面留下一丝涟漪。

艾萨克十三岁那年，已经是一个很厉害的猎人了。虽然他还小，但他懂得的丛林生存技巧已经和大人一样多了，甚至有时候比大人还厉害。他在山姆的指导下，猎杀了一只鹿和一头熊，因此赢得了部族的尊敬。

他对营地周围二十五英里内的每一寸土地都了如指掌，无论是河流、山脊还是隐蔽的小路，他都一清二楚。他对森林的了解非常深，连山姆都看不出的动物踪迹他都能辨认出来。他还独自发现并猎杀了一只鹿，他的技巧非常高超，都是从古老的契卡索人那里学来的。

他对那头老熊的了解更是无人能比。他能够轻松地分辨出老熊留下的每一个脚印，即使和其他大熊的脚印大小一样，也能通过微小的不同来准确地认出。在这片荒野上，老熊不仅是他追踪的目标，还是他隐形的老师，引导着他在大自然这所学校里不断学习和成长。老熊孤独而强大的身影，成了他心灵上的寄托和挑战。

在接下来的三年里，他有两回在打猎的时候，通过猎狗焦虑不安的叫声意识到老熊正在靠近。那叫声里有似人类般的紧迫和恐惧，预示着他即将和这个古老的生物有一次亲密的接触。每一次这样的经历，都是对他意志和技能的极大考验。

有一次，他借了华尔特·艾威尔的枪，悄悄地藏在一个被龙卷风摧毁的小树林里。老熊以惊人的速度穿过这片混乱的树林，快得就像一列火车，几乎和跳跃的鹿一样矫健，显示出让人难以置信的敏捷。

就在那一刻，他深深地明白，只有非常勇敢、强壮和快速的猎狗才能把它逼入绝境。

他还养了一只小猎狗，虽然体形小，但是非常勇敢，有时候甚至有点儿鲁莽。在六月的某一天，他和山姆带着这些狗一起进入森林，计划着和老熊的“相遇”。他们带着小猎狗，躲在下风处等待。当老熊出现，因为小猎狗的疯狂叫声而决定战斗时，老熊站了起来，看起来非常巨大，小猎狗也因此变得非常勇敢。小狗的叫声很长时间都没有停止，艾萨克就扔下了枪，跑过去抱住了小狗。在那一刻，他感觉自己和老熊非常近，甚至能闻到它强烈的、热烘烘的气味。他一抬头，看到老熊就像乌云一样压下来，这个场景让他觉得似曾相识，就像他在梦里看到的那样。

老熊最后离开了，他没注意到它是怎么离开的，只记得自己跪在地上，耳边是渐渐远去的猎狗叫声。直到山姆拿着枪走过来，轻轻地放在他身边，平静地说：“你已经两次面对面地看着它，而且手里有枪，这次本可以打到它的。”

艾萨克站起来，紧紧地抱着在怀里挣扎着、叫个不停的小猎狗。小猎狗虽然被紧抱着，但还是想回应远处猎狗的叫声，它就像一根拉紧的弹簧。艾萨克喘着气对山姆说：“你也没射击它，枪就在你手里，你为什么不扣扳机呢？”山姆好像没听见他的问题，只是轻轻抚摸着他怀里不安的小猎狗，直到它慢慢平静下来。远处猎狗的叫声已经听不见了。

“它已经走远了。”山姆平静地说，“你可以休息了，下次还有机会。”

他继续摸着小猎狗，直到它完全安静下来。

“你快找到我们需要的那只狗了。”山姆小声说，“可惜它不够壮。我们需要一只更大、更勇敢的狗。”

他把手收回来，看向熊和猎狗们消失的树林深处，“总会有人找到它的。”艾萨克回答说：“我知道，这就是为什么这个任务最后会落到我们其中一个人身上。到那天，可能连老熊自己也不想活了。”

那个春天，小马驹不见了，正好是在为德·斯班少校和康普生将军的庆祝活动做准备的时候。小马驹神秘失踪的那天晚上，山姆费了好大的劲才把慌乱的母马引进马厩。他先是想让母马带他去小马驹丢失的地方，但母马只是乱跑，心里好像被害怕占据了，找不到方向。有一阵子，母马失控地朝山姆冲过来，好像在绝望中忘了他是谁，只想攻击他。天黑了，找到小马驹的希望越来越小。黑暗中，母马伤心和无助的嘶鸣更让人难过。

山姆走进屋里，告诉德·斯班少校小马驹失踪的坏消息。很明显，有一只大野生动物攻击了小马驹，小马驹可能已经凶多吉少了。康普生将军立刻说：“肯定是一年前杀了一只母鹿和它的小鹿的那只豹干的。”

但德·斯班少校说：“山姆从没说过是豹干的。”山姆始终没有说话，脸上什么表情也没有，好像这事和他无关，只等着他们说完好回自己住的地方。吃饭的时候，他静静地站在德·斯班少校后面，眼神空洞，好像这一切都和他没关系。

“豹子会攻击母鹿，然后追小鹿，但不会在有母马保护小马的时候这么做，这是老班的作风。”德·斯班少校坚持说，“我对它很失望，它违反了我们之间的约定。我没想到它会这么做。它咬死了我和麦卡斯林的狗，那是在我们都有准备的情况下。但现在它侵犯了我的地盘，伤害了我的财产，而且现在不是狩猎季节，它违反了我们的规则。山姆，这是老班干的。”但山姆还是不说话，只是等着他说完。

“明天，我们跟着母马的脚印去看看。”德·斯班少校说。之后山姆就离开了，他不跟大伙住一个营地，而是自己住在大概四分之一英里外的小溪边。他自己建了一间结实的小屋，比乔·贝克的小屋更坚固，还有一个存玉米的小仓库，用玉米来喂他养的小猪。

第二天一大早，山姆找到了小马驹的尸体。大家连早饭都没吃，赶紧跑到现场。小马驹躺在离马厩不到五百码的地方，喉咙被撕开了，一些内脏和后腿被吃掉了。它的姿势看起来不像是自己倒下的，更像是被一股巨大的力量打出去的。而且，现场也没有豹子捕猎时留下的爪印。他们仔细研究了母马受惊时的脚印，它在绝望中乱跑，就像昨晚对山姆那样，地面上有它全力奔跑的痕迹以及那只野兽的脚印。母马疯跑的时候，野兽甚至没急着追，它只是走了几步，母马就倒下了。康普生将军惊呼：“天哪，多大的狼啊！”山姆还是不说话。大人们蹲下测量脚印时，艾萨克注意到山姆脸上的表情有了微妙的变化。那不是高兴，不是期待，也不是希望，而是一种难以形容的表情。

长大后，他才明白，山姆其实早就知道了那些脚印背后的秘密，知道是哪种野兽在春天伤害了母马和小马。那天早晨，山姆脸上那微妙的表情，其实是对事情预知的表现。艾萨克暗想，山姆可能感到了一丝安慰，因为他已经老了，没有家人，也很久没有见到自己的族人。即使见到了，也无法与他们接触和交流。他已经作为一个黑人生活了七十年，这段时光即将结束，这让他感到释然。

他们回到营地，吃了早餐，带着枪和猎狗再次出发。后来，艾萨克意识到，他们其实应该和山姆一样，猜出了是什么动物干的。但人们常常不会根据自己的想法做出判断和行动，这不是第一次，也不会是最后一次。

布恩站在小马驹旁边，用皮带指挥猎狗去闻气味。一只年轻的猎狗无缘无故地叫了几声，其他的狗也跟着跑了几步，好像闻到了什么，但很快它们就停下来，回头看着人们，显得很焦虑但并不困惑，好像在问："接下来怎么办？"然后它们又回到小马驹身边，布恩还是站在原地，用皮带阻止它们靠近。

"气味消失得这么快，我从未遇到过。"康普生将军说。

"也许，一条特别大的狼，在母马面前杀死了小马驹，可能不会留下太多痕迹。"德·斯班少校猜测。

"也许是鬼干的。"华尔特·艾威尔开玩笑说，他看着吉姆，"吉姆，你怎么看？"

既然猎狗不想追踪，德·斯班少校就让山姆去找，他在不远处找到了新的痕迹，再次让猎狗去闻，年轻的猎狗又叫了起来，但没人注意到这不像是找到猎物时的叫声，更像看家狗守护领地时的反应。

康普生将军对几个擅长抓松鼠的人，包括艾萨克、布恩和吉姆说："今天早上你们带着狗去，它可能还在附近，可能还想来吃小马驹。

你们可能会遇到它。”

但他们没有遇到。艾萨克记得，他们进入森林的时候，山姆用一种特别的眼神看着他们，那张印第安人特有的面容总是那么平静，除了鼻翼微微颤动，就像猎狗第一次发现老班时那样。

第二天，他们带着猎狗再次去找，希望能找到新的线索，但他们惊讶地发现小马驹的尸体不见了。第三天早上，山姆在那里等他们，这次山姆让他们先吃完早餐，然后他说：“跟我来。”

他带他们到他的小屋，那间简单的小棚屋，旁边是放玉米的小仓库。他清空了玉米，把门改造成陷阱，用小马驹的尸体做诱饵；他们从木缝往里看，虽然看不清那东西的全貌，但能看出它的颜色像金属枪管。它既不是蹲着，也不是站着，而是在跳，从空中往外冲——他们听到一个沉重的身体撞在门上，门剧烈地抖动，门框发出咔嚓声。而那生物，不管它是什么，好像在落地前就急着想再跳起来、冲向门。

“我们走吧。”山姆说，“不然它会伤到自己。”他们离开后，那种有节奏的撞击声还在继续，每次撞击都让那扇坚固的门抖动，发出巨大的声音，而那野兽自己却不发出声音，不吼也不叫。

“那是什么？”德·斯班少校问。

“是一条狗。”山姆说，他的鼻孔有节奏地微微动着，眼里闪烁着与追熊那天相同的坚定光芒，“这条狗能对付老班。”

“这条狗？”德·斯班少校惊讶地问，“我宁愿要老班加入我的猎狗队，也不要这野东西。我们应该把它除掉。”

“不可以。”山姆坚决地回答。

“你不可能驯服它，你觉得这样的猛兽会怕你或者其他东西吗？”

“我没打算驯服它。”山姆说，艾萨克再次注意到他鼻孔的起伏和眼里的坚定，“但如果能让它稍感畏惧，我宁愿它变得温顺一些。但它既不温顺，又不害怕。”

“那你打算怎么办？”

“等着瞧吧。”山姆说。

接下来的每天早晨，他们都会去山姆的小仓库。山姆设了一个机关，用绳子挂着小马驹的尸体，门一关上，尸体就会被吊起来。每天，他们都能看到山姆去送水，而那条狗则不停地撞门，摔倒后又站起来，始终不出声，显得沉着而坚韧，有种不达目的不罢休的决心。

一周快要结束时，它不再撞门了，但看起来并不虚弱，也不像明白门是撞不开的，反而像是它暂时不想这么做。它从未趴下，总是站着，他们可以清楚地看出，它混合了好几种血统，体形庞大，眼神冷漠，胸膛宽阔，身体呈现出奇特的蓝灰色。

两周后，大家准备离开营地，艾萨克请求留下，得到允许后，他搬进了山姆的小屋。每天，他看着山姆给狗送水。这周结束时，狗终于倒下了，它艰难地站起来，蹒跚着去喝水，然后又倒下了。有一天，它甚至无法靠近水桶，前半身也抬不起来。山姆拿起棍子准备进去，艾萨克说：“等等，我去拿枪……”

“不用了。”山姆说，“它已经动不了了。”

它确实动弹不得了，任由山姆摆弄，黄色眼睛大睁着，没有愤怒，只有冷漠和不针对任何人的敌意，像是自然界赋予它的力量。它不看山姆，也不看偷看它的艾萨克。山姆开始喂它，起初还得扶着它的头让它舔食，后来它已经能自己吃完碗里的食物。

布恩来了，他透过缝隙看了看狗，说："最好把它放走，让老班来对付这家伙。"

他对艾萨克说："收拾东西，麦卡斯林让你回家。你和这只吃马肉的狗待的时间太长了。"

布恩牵来了一头借来的骡子，把马车停在营地旁边后回到了家，他向麦卡斯林讲起了森林里的事情："山姆打算再饿它一段时间，直到能靠近它，给它喂食，如果有必要的话，就重复几次这个过程。我们想让它知道，只有听从山姆或其他人类的命令，才能离开那间小木屋。这就是我们用来追踪和抓住老班的狗，我们给它起名叫'狮子'。"

到了十一月份，大家又回到了营地。艾萨克和康普生将军、德·斯班少校、表哥、华尔特、布恩一起站在堆满了枪支、行李和食物的院子里，看到山姆带着"狮子"穿过小巷走了过来。山姆穿着破旧的工作裤、胶鞋和羊皮外套，戴着艾萨克父亲的帽子，而"狮子"则威风凛凛地跟在他身边。猎犬们走上前去，但没到"狮子"跟前就停下了，只有一只年轻的猎犬继续靠近"狮子"。"狮子"没有伤害它，只是轻轻一挥前爪，小猎犬就吓得叫喊着滚开了，"狮子"的动作简直和熊的动作一模一样。它走进院子，睡眼惺忪，漫不经心地四处张望。布恩说："天啊，我能摸摸它吗？"

"摸吧。"山姆说，"它不在乎，对谁都是这样。"

艾萨克也注意到了这一幕。接下来，从布恩轻抚“狮子”开始，艾萨克就一直在观察。布恩跪了下来，感受着它的肌肉，就像对待一位女士一样，或者更像是布恩在它面前，仿佛变成了一个温柔的人。一边是沉稳的“狮子”，对一切都漠不关心；一边是粗犷、直接的，有着印第安血统的布恩，他单纯得像一个孩子。之后的两年里，艾萨克亲眼看到布恩从山姆和阿许大叔那里接过照顾“狮子”的责任，常常看到布恩在雨中蹲着，看着“狮子”吃东西。

“狮子”不和其他狗一起睡觉，没有人知道它的栖息地在哪，直到第二年的十一月，麦卡斯林无意中问起，山姆才说出了真相。那天晚上，艾萨克、德·斯班少校和麦卡斯林拿着油灯走进了布恩的房间——狭窄、闷热，夹杂着布恩没洗澡的体味和潮湿的猎装味道。布恩的鼾声震耳欲聋，“狮子”突然惊醒过来，抬起头，迷蒙地望向他们。

“天哪，布恩。”麦卡斯林说，“把狗赶出去，明天还得依靠它去找老班呢。在你这股味道里面待上一晚上，它怎么嗅得出熊的气味？”

“我就算待一晚，鼻子也不受影响。”布恩说。

“没关系。”德·斯班少校说，“我们又不靠你去追踪熊。让它出去和其他狗待在一起，别让它受到影响。”

布恩站起身来，说：“它会咬任何打喷嚏或者不小心碰到它的狗。”

“不会的。”德·斯班少校说，“没有狗敢靠近它，哪怕是在梦里也不敢。把它带出去，我明天要用它的鼻子。去年老班戏弄了它，今年可不行了。”

布恩慌慌张张地把鞋子套上，鞋带系得乱七八糟，他的内衣邋里邋遢，头发也是乱蓬蓬的，和“狮子”一起出去了。其他人回到前面的房间，继续他们的牌局，麦卡斯林和德·斯班少校的牌还在桌子上。过了一会儿，麦卡斯林提议说：“我去看看情况怎么样。”

“没必要。”德·斯班少校回答，他继续发牌给华尔特，然后对麦卡斯林说，“你去了也没用，我发现自己已经老了，不喜欢别人不听我的话，哪怕我知道他们不一定愿意听我的。”

“小牌。”他对华尔特说。

“多小啊？”华尔特问。

“非常小。”德·斯班少校回答。

艾萨克躺在床上，知道“狮子”已经回到了布恩的床上，无论是今晚、明天，还是十一月的任何一个夜晚，它都会和布恩一起睡觉。他想：不知道山姆是怎么想的，为什么不让“狮子”跟着自己？他可以向少校或者麦卡斯林提出这个想法。山姆是第一个接触“狮子”的人，“狮子”也知道这一点。这个问题艾萨克长大后终于明白了，这是合乎情理的，本来就应该是这样的。山姆是领袖，布恩是他的助手，管理狗就是布恩的责任。在“狮子”带领猎狗追逐老班的第一天，营地里来了七个陌生人。

他们是沼泽地的人，身体瘦弱、多病，没有人知道他们的住处，他们靠捕熊和种田维持生活，穿着和山姆一样破旧，但不如吉姆整洁。他们的枪也很旧，应该黎明时就已经在雨中等待了。山姆告诉德·斯班少校，他们说，会在夏天和秋天偷偷来看“狮子”，看完就走。

到了第二年十一月的最后一天，狩猎季达到了高潮，这一天专为老熊而设。这一次，除了沼泽地的邻居们，还来了很多城里人，他们从杰弗森这样的小城镇赶来，想要亲眼见证“狮子”和老熊的对决。有些人甚至没有带枪，只穿着崭新的猎装和猎靴，像是刚从商店里买来的。

这一天，“狮子”在离河边五英里的地方遇到了老熊，它大声叫喊着拦住了那头熊，猎狗们勇敢地冲了上去。艾萨克离得不远，他听到了布恩的呼喊声、康普生将军开枪的声音，一次是五颗大铅弹，一次是一颗大弹丸。康普生将军骑着马飞奔，几乎失控，他在近距离射击，两枪都打中了老熊。然后，他又听到了猎狗们渐渐远去的吠叫声——老熊逃跑了。艾萨克开始奔跑，他气喘吁吁，脚步踉跄，肺部像要炸裂一样。他跑到康普生将军开枪和老熊咬死两条猎犬的地方，看到了老熊留下的血迹，但他已经筋疲力尽，跑不动了。他靠在一棵树上，努力调整呼吸，让心跳平静下来，猎狗的声音越来越远，越来越微弱。

那天晚上，他们的营地里多了五个新客人，都穿着崭新的猎装和猎靴，一脸茫然。他们白天迷路了，是山姆把他们领回来的。在那里，艾萨克听到了后面发生的事情：“狮子”又一次拦住了老熊，它们缠斗在一起，所有的马都不敢靠近，除了不怕血腥味的独眼骡子。布恩骑在独眼骡子背上，众所周知，他的射击技术很差。布恩用他的旧枪向老熊开了五枪，都没有打中，这时老熊又咬死了一条猎狗，逃到河边消失了。布恩和“狮子”鼓足勇气沿着河岸追赶，但天色渐晚，他们在黄昏时分过了河，没走多远，天就黑了。这一次，“狮子”在黑暗中找到了可能是老熊留下的血迹，幸好布恩给它系了绳子，他下骡子与“狮子”搏斗了一番，才勉强把它拽回营地。这一次，布恩没有生气，他浑身泥泞，疲惫不堪，脸上满是悲伤和懊恼。

“我没有打中它。”他说，“我离它只有二十五英尺，五枪都没打中。”

“但我们让它流血了。”德·斯班少校说，“康普生将军做到了。这是我们以前没能做到的。”

“但我没有打中它。”布恩又说，“五枪都没打中，‘狮子’就在旁边看着。”

“没关系。”少校安慰他，“这场战斗很激烈，而且我们让它受伤了。明年我们可以让康普生将军或者华尔特骑上凯蒂，一定能制服它。”

这时，麦卡斯林问：“‘狮子’在哪儿，布恩？”

“我让它和山姆待在一起了。”布恩边说边朝外走去，“我和它在一起不合适。”

按理说，布恩应该讨厌和害怕“狮子”，但他心里从未有过这种感觉。他觉得这一切似乎都是命中注定，似乎有某些他不太明白的事情正在发生，或者已经开始了。就像戏剧的最后一幕，场景已经搭建好，这是一系列事情结束的开始，虽然他不清楚是什么，但他并不难过。他决定要更谦卑也要有信心，因为大家都认为他有资格参与这次猎熊，至少是见证它。

已经是十二月了，艾萨克觉得这是他经历过的最冷的十二月。他们在野营地待了两个多星期，等待天气转好，这样“狮子”和老熊之间一年一度的决斗才能继续进行，他们才能打包回家。他们没想到会在营地待这么久，所以在等待天气好转的时候，除了玩扑克牌，他们几乎没什么可做的，而且带来的威士忌也已经喝完了。于是，德·斯班少校和麦卡斯林决定让布恩去买酒，让艾萨克陪同，确保他能成功地把酒带回来，不管是全部、大部分或是至少一部分都行。

凌晨三点，吉姆叫醒了艾萨克。他赶紧穿上衣服，尽管身体因为寒冷而颤抖，但壁炉里的火已经烧得很旺，很快驱散了寒意。也许是因为冬夜这个时段的血液循环变得缓慢，他的心跳也慢了下来，因此还有些想睡的感觉。他走到厨房和住处之间的空地，头顶上是明亮的星空，离天亮还有三个小时。

艾萨克在刺骨的冷风中深吸了一口气，然后走进厨房。那里灯火通明，暖意融融，火堆熊熊燃烧着，每扇窗户都蒙上了一层水雾。布恩已经坐在桌前吃早餐，头几乎埋进了盘子里，下巴上还有未刮的胡须。他的脸好像从没洗过，头发也乱糟糟的，就像马鬃一样，从未梳理过。这个有着四分之一契卡索印第安血统的男人，不喜欢别人提到他的血统，总是会生气地挥拳。但在喝酒之后，他也会兴高采烈地声称自己的父亲是纯种的契卡索酋长，母亲也有半个白人血统。他身高六英尺四英寸，头脑简单，心地善良，小巧而坚毅的眼睛就像鞋子上的扣子，镶嵌在他那张平凡无奇的脸上。他的脸上没有多余的表情，既不深沉又不轻浮，没有高尚也没有邪恶，更不要说温柔。

他的头上好像是有人用大锤砸了一个比足球稍大的核桃，然后在脸上涂了颜色。主要是红色，不是暗淡的红色，而是健康、鲜艳的红色，这可能是因为他经常喝酒，但更多是因为长期的户外生活。他脸上的皱纹不是岁月的痕迹，而是长时间凝视阳光、在茂密的藤蔓中寻找隐藏的猎物，以及围绕篝火度过无数个寒冷夜晚的结果。对他来说，时间就像空气一样，只是一个悄然流动的存在，并没有让他显得苍老。他勇敢、忠诚，但缺乏远见、不够可靠；他没有固定的职业或擅长的技能，只有一个缺点和一个优点：酗酒和对德·斯班少校的孩子——表兄麦卡斯林的绝对忠诚。

艾萨克一边吃早餐，一边听着厨房下面猎狗们的声音。它们可能是闻到煎肉香气而从梦中醒来，也可能是被楼上人们的脚步声吵醒了。他还听见了“狮子”短促而威严的叫声，就像是营地里的头号猎手下令一样，指挥着所有的猎狗。在德·斯班少校和麦卡斯林的狗群里，没有一只能和“狮子”比体形和力量，但它们都很聪明——去年，最笨的那只猎狗被处理了。

吃完早餐，吉姆进来了，驴车已经在外面等着了。阿许决定亲自驾车送他们去运木头的铁路边，他们计划在那里让运木头的火车停下，带他们出去。阿许打发吉姆去洗碗。艾萨克知道阿许为什么这么做——他总听阿许调侃布恩，这不是第一次了。

天气非常冷，驴车的车轮在冻硬的地面上颠簸，虽然天空很明亮，但空气好像凝固了一样。艾萨克身体不再只是微微发抖，而是剧烈地颤抖起来，这种颤抖缓慢而持久，他刚吃完的食物在胃里还是热乎乎的，而他的身体正在围绕着这种温暖不停地颤动，就像胃在身体里单独晃动一样。

“今天早上它们不会去打猎的。”布恩说，“这种天气，没有一只狗的鼻子会灵敏。”

“‘狮子’除外。”阿许说，“‘狮子’不需要靠嗅觉，只要有熊，就行。”阿许裹着麻袋，头上和身上还裹着从厨房拿来的被子，看起来很奇怪，艾萨克从未见过这么奇怪的造型。

“‘狮子’能在一千英亩的森林里追踪一头熊，并且还能抓住它。其他的狗都不行，因为只要‘狮子’去追熊，它们就追不上‘狮子’了。”

“那些狗现在怎么样？”布恩问，“你对狗了解多少？自从我们来这里，除了偶尔出来砍柴，你还真没离开过厨房。”

“狗没事。”阿许说，“只要让它们干它们应该干的事，就没问题。我倒希望我从出生就像这些懒狗一样，知道怎么照顾自己。”

“哦，反正今天早上它们不会出去。”布恩肯定地说，“少校答应过，在我和艾萨克回来之前，不让狗群出去。”

“今天天气会变暖，晚上会下雨。”说到这里，阿许笑了起来，笑声从被子里传出来。

“别拖延了，懒驴！”他拉紧缰绳，驴子突然往前一跳，大车颠簸着往前走了几英尺，然后慢了下来，恢复了步伐急促、步幅较小的状态。“再说，我倒想看看没有你，少校会怎么样。他现在依赖的是‘狮子’。不过，我也没见你背着熊肉或其他猎物回营地。”

艾萨克心想，布恩这次可能会狠狠地责骂阿许，甚至打他。但布恩没有，他从来没有这样做。艾萨克知道布恩不会这样，即使四年前，在杰弗逊大街上，布恩拿着借来的手枪对着一个黑人连开五枪，然而和去年秋天对老熊开枪一样，一枪也没打中。

“我发誓，”布恩说，“我今晚回来之前，他不会让‘狮子’或其他狗去追什么野兽，他答应过我。你快点儿催催那些驴子，让它们跑快点儿。你想让我冻死吗？”过了一会儿，他们到了运木头的铁路边，生起了火。东方的天空渐渐亮起来，运木头的火车从树林中驶出来，布恩向它挥了挥旗子。

艾萨克在温暖的火车里睡着了，布恩则和列车长、司闸员聊起了“狮子”和老熊的故事。艾萨克的身体随着没有减震效果的守车（挂在货物列车尾部的工作车）晃动，在半梦半醒之间，他依稀听见了他们的对话。他们谈论老熊是如何捕获小猪和牛犊的，又是如何闯入谷仓，破坏陷阱的，以及它体内可能嵌入了多少颗子弹——这头被称为“老班”的熊，是这片区域唯一拥有人类名字的熊。它因为缺失两趾而声名远扬，但它的战斗力并没有因此受到影响，反而更令人对其刮目相看（按照康普生将军的说法，它就像是“熊界的将军”）。

天亮时，他们抵达了霍克铺。他们从温暖的守车中走出来，穿着狩猎服和满是污渍的卡其裤，蹬着沾满泥巴的靴子，布恩的胡须还是没有剃。但在霍克铺，这样的装扮很平常。这儿只是一个小镇，有锯木厂、杂货店和几家小铺，还有一条连接主干道的支线，镇上的居民大多穿着工作靴和卡其衣。不久，去孟菲斯的火车到了，他们又一起上了车。布恩在报摊买了几包甜爆米花和一瓶啤酒，艾萨克随着他咀嚼的节奏再次进入梦乡。

然而，到了孟菲斯，景象完全不同。高耸的建筑、硬石板铺设的人行道、奢华的马车、拉车的马匹，以及穿戴得体、打着领带的人们，让他们的靴子和卡其衣显得格外扎眼。布恩乱七八糟的胡须使他看起来更显脏乱和突兀，他好像不适合出现在森林之外的地方，至少不应该远离德·斯班少校、麦卡斯林或其他熟悉他的人。这样至少会有人站出来说："别担心，他不会伤人。"

布恩走在车站光滑的地面上，舌头在口腔中探索着卡在牙缝里的爆米花，面容扭曲，双腿分开，好像在光滑的冰面上行走一样，那没修剪的胡须就像新枪管上的划痕一样显眼。他们路过了一家酒吧，即使大门紧闭，艾萨克似乎也能闻到里面的锯末和隔夜酒精的味道。布恩开始咳嗽，持续了将近一分钟。

"该死的，怎么突然就感冒了。"他说，"我倒想晓得是在哪里染上的。"

"就是在车站里。"艾萨克回答。

布恩正要再次咳嗽，听到了艾萨克的话之后，他克制住了。他注视着孩子，眼中闪着光芒，突然停下了咳嗽。他平静地说："艾萨克，借我一块钱吧。你以前有钱，现在应该还有吧？我知道你不是小气的人，但你总会忘记自己也需要钱。我十六岁时，如果口袋里有一美元，我可能连银行名都没来得及看清，就把钱花掉了。"

布恩继续平静地说："就借我一块钱，艾萨克。"

"你答应过少校和麦卡斯林，回到营地后才能喝酒。"艾萨克说。

"好吧。"布恩耐心地说，"只借我一块钱，我能干出什么坏事呢？

你也不会再借我第二块钱了。”

“你说得对，我肯定不会。”艾萨克回答道，声音平静，但有点儿气愤，但这不是针对布恩。他想起了布恩在厨房的硬椅子上打盹，为了按时叫醒他和麦卡斯林，驾车走了十七英里，送他们去杰弗森镇赶乘前往孟菲斯的火车。还有那匹从未戴过笼头的得克萨斯花斑小马，布恩说服麦卡斯林买下它，他只花了四块七毛五分钱在拍卖会上把它买下来，用铁丝把它绑在两匹温顺的母马中间带回家。它甚至都没见过玉米，还以为玉米是小虫子呢。布恩说这马已经被驯服了，他们把麻袋套在马头上，四个人拉着它，把它拖到二轮马车前，给它套上马具，布恩喊道：“好了，伙计们，放手！”吉姆猛地扯开麻袋，迅速躲开，马车撞上了门柱，掉下了一个轮子，那一刻，布恩抓住了艾萨克的后衣领，把他扔进了路边的沟渠里。

接下来的混乱他只记得一些片段：马车吱嘎作响地冲过侧门，又掉下来第二个轮子，轮子滚过院子，跳上了走廊。马车的碎片散落一地，原本趴在车上的布恩也在飞扬的尘土中消失了，但他一直紧紧抓着缰绳，最后连缰绳也断了。两天后，他们在七英里外找到了那匹小马，它的脖子上还挂着颈圈和笼头，就像一位戴着两根项链的贵族夫人一样。

艾萨克递给布恩一块钱。“走吧，”布恩说，“别在外面冻着了。”

“我不觉得冷。”艾萨克回答说。

“那就喝点儿柠檬水暖和暖和。”

“我一点儿也不想喝柠檬水。”艾萨克说完，酒吧的门就关上了。

虽然阿许说晚上可能下雨，但现在天气还不错。太阳已经升得挺高了，这意味着明天可以出去打猎了。这种兴奋感又涌上艾萨克的心头，就像他第一次进入森林时那样新奇刺激。无论他多么老练，这种感觉永远不会消失。这是一种既寻常又充满惊喜的生活方式，真是太棒了！但他不能再沉浸在幻想中了，他甚至觉得自己已经回到了火车站，跳上了南下的火车。他和布恩离开车站还不到一会儿。

街上人来人往，非常喧闹。他看着那些高头大马和华丽的马车，穿着得体的绅士和披着皮草的女士们优雅地从马车上下来，走进火车站。

二十多年前，艾萨克的父亲作为福勒斯特将军麾下沙多里斯上校的骑兵队员，骑着马进入了孟菲斯，据说他径直骑马冲入了嘉育舒大酒店的大堂，有几个北方军官正在往痰盂里吐痰。最后，他的父亲毫发无伤地离开了——据说他从大堂径直冲破了后门。

布恩擦了擦嘴。"好了。"他说，"我们现在去办正事，然后赶紧离开。"

他们很快就把箱子装满了。艾萨克不知道布恩是在什么时候、从哪里弄来的另一瓶酒，可能是赛默斯先生送的。他们在黄昏时分回到霍克铺时，那瓶酒已经喝光了。

他们本来可以乘坐最近的一趟火车，在两小时内回到霍克铺，但他们改变了计划。

在车站的洗手间，布恩喝了第一口酒。一个戴礼帽的人过来告诉他这里不能喝酒，但他看到布恩的表情后就没有再说话。在餐厅吃饭时，布恩正把酒倒进水杯，女经理告诉他这里不能喝酒，于是他又拿着酒回到了洗手间。他不停地向服务员和餐厅里的顾客讲述“狮子”和老熊的故事，尽管他们对“狮子”和老熊一无所知，也毫无兴趣，却不得不听。突然，布恩又想到了动物园。他听说三点半还有一趟去霍克铺的火车，决定先去动物园看看，布恩说那里的熊都是吃冰激淋和手指饼干长大的，他要带“狮子”去和它们比试一番。

在回霍克铺的火车上，布恩不再偷偷摸摸地喝酒，而是在车厢过道里毫无顾忌地喝着，一边喝一边大声谈论“狮子”。被他抓住的听众想提醒他这里不能喝酒，但布恩的样子使他们根本不敢宣之于口。

日落时分，他们抵达了霍克铺，但布恩却睡得像石头一样沉。艾萨克费了好大劲才把他弄醒。下了火车，他们在锯木厂的小店吃了些晚饭。等他们上了运输木材的火车，返回大森林时，艾萨克觉得世界终于安静下来了。夕阳血红如火，天空中挂满了乌云，看来今晚地面不会结冰了。艾萨克也该休息了，他蜷缩在火炉旁，感受着火车在轨道上的颠簸，布恩则继续和司闸、车长讲述“狮子”和老熊的故事。

“天上的云越来越厚了，雨快要来了。”布恩说道，“‘狮子’明天就能解决老熊的问题。”确实，能“解决”老熊的，不是布恩，而是“狮子”，或者其他人。

大家都知道，布恩从未打中过比松鼠大的猎物，除非算上那次意外射中黑人妇女，那时他其实是想打一个黑人壮汉。那个黑人距离布恩不到十英尺，但他用了德·斯班少校的黑人车夫的手枪，连开五枪，一枪也没打中。那个黑人拿出一把廉价的邮购手枪，本来可以轻易解决布恩，但那枪支发出了五声“咔嗒、咔嗒、咔嗒、咔嗒、咔嗒”的哑炮声。布恩还在盲目射击，打破了商店的窗户，让麦卡斯林赔了四十五美元，还误伤了一个路过的黑人妇女的腿，治疗费由德·斯班少校承担。就像今年早些时候在营地的那个清晨，布恩守岗时，一头公鹿从他眼前跑过。艾萨克听到布恩那把老式手枪发出了“砰、砰、砰、砰、砰”的声音，又听到布恩大喊：“该死的，它跑掉了！拦住它！拦住它！”艾萨克赶到时，发现地上有公鹿的脚印和五个弹壳，布恩射击时，离公鹿只有二十步的距离。

那天晚上，营地迎来了五位来自杰弗森镇的客人，包括巴耶德·沙多里斯先生及其儿子、康普生将军的儿子，还有其他两个人。

第二天清晨，艾萨克看着窗外的雨雾，天气正如布恩预测的那样。他还看到二十多个人聚集在雨中，或站或蹲，他们都是多年来遭受老熊侵害的农户。他们戴着破旧的帽子，穿着城里人看不上的旧工装裤，只有脚上的橡胶雨靴还算结实。他们手里的枪多数都很旧，枪身的蓝光早已褪去，有些人甚至连枪都没有。

早饭过后，约有十几个人陆续到来。有些是骑马来的，有些是徒步来的。他们来自十多英里外的伐木场，也有来自霍克铺的锯木工人，唯有火车的列车长携带了枪支。这样一来，当他们清晨进入森林时，德·斯班少校带领的队伍人数几乎与南北战争末期他指挥的队伍人数相当，只是如今队伍中有些人并未带武器。

由于营地过于拥挤，大家只能分散开来。德·斯班少校骑在马上。阿许穿着沾满油污的围裙，他正给卡宾枪装填子弹，装填完毕后递给了少校。那条高大威严的蓝狗“狮子”站在马镫旁，姿态如同马匹，但比马更威风。它朦胧的黄色眼睛似乎完全没有注意到布恩和吉姆带来的猎犬。

“今天就让康普生将军骑凯蒂吧。”德·斯班少校建议道，“去年他让老班受了伤，如果骑的是一匹不易受惊的马，他就能……”

“不。”康普生将军打断道，“我年事已高，不再适合在森林里骑马穿行了。去年那次机会，我未能抓住，今天我就守在这里吧。让艾萨克骑凯蒂吧。”

“等等，”麦卡斯林插话道，“艾萨克还有许多猎熊的机会。让其他人骑吧……”

“不。”康普生将军坚持着自己的观点，“我想让艾萨克骑凯蒂。他对这片森林的了解已超过了我们，再过十年，他会像华尔特那样出色。”

艾萨克感到难以置信，直到德·斯班少校向他点了点头。随后，艾萨克骑上了那匹即便见到鲜血也不会惧怕的独眼骡子，低头凝视着德·斯班少校马旁的“狮子”。它静静地站着，在灰色的光影中比牛犊还要庞大，甚至比他记忆中的“狮子”还要巨大——硕大的头颅，宽阔的胸膛，蓝色的皮毛下紧绷的肌肉不会因触摸而颤动，因为驱动这些肌肉的心脏对任何人都毫不偏爱。

它站立的姿态像马，但又比马威严。马象征着力量与速度，而“狮子”象征着勇气、追逐与战斗的意志，以及为了实现目标不惜忍受极端痛苦的毅力。此刻，“狮子”望向了艾萨克。在猎狗们嘈杂的叫声中，它转过头来，深邃的黄色眼睛凝视着他，那双眼睛中没有善恶之分，既不期待又不畏惧，如同布恩的眼睛一般，深藏着难以言表的纯粹。那些猎狗似乎还没完全清醒，看起来有些无所事事。但突然间，“狮子”眨了眨眼睛，艾萨克发现它其实并没有盯着他看，甚至也没有打算转过头来看他。

那天清晨，当猎狗们开始吠叫的时候，“狮子”已经不见了。山姆和吉姆忙着给马匹和骡子备好鞍具，艾萨克看着猎狗们在林子里四处奔跑，消失在远处。然后，他和德·斯班少校骑着骡子、山姆和吉姆骑着马，跟着猎狗们进入了林子。突然间，从树林中传来一声尖锐的怒吼，他知道那是什么声音。其他的猎狗也跟着叫了起来，整个林子顿时变得很喧闹。

他们飞奔过去，艾萨克想象着“狮子”正在前方疾驰，老熊也是如此：那个像火车头一样沉重的家伙，四年前在风暴席卷过后的地方跑得比猎狗和骡子都快。一声枪响传来，他们骑马冲去，猎狗的声音渐渐远去。他们遇到了一个射手，是来自沼泽地的一位老猎人，他伸出手臂，嘴张开，牙齿参差不齐。猎犬的叫声再一次震耳欲聋，他们在距自己二百码远的地方看到了老熊。只见那头熊转身跑来，“狮子”冲了过去，但被老熊一巴掌拍开，熊冲进狗群，咬死了一只之后又跑了。他们被猎狗的叫声包围着。艾萨克能听到德·斯班少校和吉姆的声音，还有吉姆挥动鞭子的声音。最后，他和山姆并排骑着马，有一只猎狗一直跟在“狮子”身边。艾萨克辨认出了它的声音，它就是那只一年前还很小，如今在其他猎狗中仍显得有些稚嫩的小家伙。或许，这就是勇气吧，他想。

“没错。”山姆在他身后说，“可能的话，我们得让它远离河边。”

此刻，他们骑着马穿越了一片茂密的芦苇和灌木丛，这是他们和山姆都非常熟悉的地方。他们穿过低矮的树丛，来到了一条小路的入口，这条小路穿过灌木丛，通向一片高地，这里还可以看到一条小河。他们听到了华尔特·艾威尔的步枪响声，紧接着又传来了两声枪响。

“不好，”山姆说，“我听到了猎狗的声音。我们得继续前进。”

他们骑着马快速地穿过芦苇丛，到达了那片开阔的高地，下面是一条黄黄的河流，在昏暗的光线下，河面上没有倒影，看起来仿佛静止了。这时，他们再次听到了猎狗的声音。那声音不像是在追逐中发出的，而是一种尖锐、疯狂的叫声。布恩沿着河岸奔跑，他的老枪挂在背后，随着他的身体摇摆。他跑得飞快，脸上带着疯狂的表情，一跃便跳上了艾萨克的骡子。

“该死的，那艘船！”他喊道，“就在河对岸！大熊直接过河了！‘狮子’靠太近了！那只小猎狗也是！‘狮子’太近了，我没法开枪！快点儿走啊！”他呼喊着，用靴子踢打着骡子。“快点儿走啊！”

他们冲下河堤，在泥泞的地面上滑行，又穿过柳树丛，然后扎进了水里。艾萨克感觉不到撞击，也没觉得寒冷，他在骡子的一侧，一只手抓住了鞍头，另一只手将枪举过头顶，布恩则在另一侧。山姆在他们后面不远处，不一会儿，在他们所在的水域四周环绕着狗群。它们游得比骡子更快，还没等骡子踏上河岸，它们就已经爬上了河堤。

德·斯班少校在他们刚刚离开的河岸上大声呼喊，艾萨克回头望去，看到吉姆和他的马也跳进了水里。这时，前方的树林和雾气中传来一阵阵巨响。这声音犹如雷声般轰鸣，在树林中回荡着，撞击在他们身后的河堤上，又反弹回来，形成新的声浪，再次发出轰鸣，艾萨克认为所有的猎狗都在尽全力叫喊。

骡子上了岸，他就立刻跃上去了。但布恩已经不打算再骑骡子了。他紧紧地抓住了马镫，跟他们一起爬上河堤，穿过河边的小树林，这时他们看见了那头熊——老班。它直立着身体，背靠着一棵树，一群猎狗围绕着它疯狂地跑来跑去，而“狮子”又一次冲了上去，跳跃着开始攻击。这一次，老熊没能用爪子把它拍倒。它用双臂抱住了狗，它们一起摔倒在地。艾萨克已经从骡子上跳下来了，他把枪的两根撞针都拉了回去，但除了一堆疯狂纠缠的猎狗外，什么也看不清。直到后来，他才看见熊重新站了起来。布恩在喊着些什么，他也听不清楚。他看见“狮子”咬住了老熊的喉咙，还看见老熊用爪子击飞了另一只猎狗，老熊站直以后，又开始撕扯“狮子”的肚子。

这时布恩冲了上去。艾萨克看见布恩手中的刀光一闪，他跳进猎狗群，像跨栏一样跨过它们，一边跑一边踢开，然后一跃而上，像骑骡子一样骑在熊背上。他的双腿夹着老熊的肚子，左臂搂住老熊的脖子，也就是被“狮子”咬住的地方，伴随着刀的起落，艾萨克看见了刀冷冽的光芒。

老熊仅倒下了一次。有那么一刻，他们几乎像一座雕塑：狗和熊紧紧地抱在一起，骑在熊背上的人用刀不断捅刺着。然后，他们一起倒下了，布恩被压在下面。老熊的背部先抬了起来，但布恩又骑了上去。他一直没放开刀，艾萨克看见他将刀深深刺进老熊身体时，胳膊和肩膀都在颤抖。这时，老熊挺直了身子，把人和狗一起提起，转过身，用后腿朝着树林走了几步，人和狗还悬挂在它身上，之后，它才倒下。它并不是软绵绵地倒下的，而是像树一样笔直地倒下，以至于人、狗和熊又在地上反弹了一下。

艾萨克和吉姆匆匆跑过去，只见布恩跪在老熊旁边，左耳被撕裂，衣服已经破烂不堪，右腿的靴子也被扯破，雨水和鲜血混在一起，从他的身上流淌下来。他的脸上不再是那种疯狂的表情，而是变得十分平静。

他们一起将老熊从“狮子”的口中扯出来。“小心点儿，伙计。”布恩说，“你没看见这只狗的肠子都露出来了吗？”

布恩开始脱外套，然后镇定地对吉姆说：“去把船弄过来，就在河边下游大约一百码处，我刚才看到的。”

吉姆站起来离开。接着，艾萨克听到了吉姆的叫声，他抬头一看，发现吉姆弯着腰，而山姆正静静地躺在泥泞里。他并不是从骡子背上摔下来的。艾萨克记得，当布恩冲向老熊的时候，山姆已经下了骡子背。他身上没有任何伤口，当艾萨克和布恩把他翻过来时，他的双眼还睁着，说了几句他们听不懂的话，但动弹不了。

吉姆把小船拉过来了，他们听到他在对岸与德·斯班少校喊话。布恩先用猎装包裹住老熊，又把山姆搬到了船上，然后返回，用吉姆的狗链把老熊绑在骡子的鞍前，拖着它到了船边。吉姆留下了，他还要带领马匹和骡子过河。

小船还没靠岸，布恩就跳了出去，他从德·斯班少校面前冲了过去。少校急忙抓住了船头，他看了看老熊，轻轻地说了一声“嗯”，然后又跳进水里，弯腰抚摸了一下山姆，山姆看着他，又说了几句他们听不懂的话。

“你知道发生了什么事吗？”德·斯班少校问。

“不知道，长官。”艾萨克说，“不是因为马。希望他没事。布恩冲向老班的时候，他已经从马背上下来了。等我们结束搏斗时，他就躺在地上了。”

布恩正在朝着还在河中心的吉姆呼喊。

“快过来，快！”布恩大声呼喊着，“把那骡子牵过来！”

“你打算干吗？”德·斯班少校问。

布恩没有回头。“得找医生去霍克铺。”他虽然满脸是血，但声音却很镇定。

“你自己也需要医生。”德·斯班少校说，“而且吉姆……”

布恩打断了他。“别管他。”布恩转过身，脸上表现出异常的坚定，声音稍微提高了点儿，“你没看到那狗的肠子都掉出来了吗？”

“布恩！”德·斯班少校说。他们对视了一会儿，布恩比德·斯班少校高出很多，现在就连艾萨克也比他高了。

“我必须去。”布恩说，“他的肠子……”

“好吧。”德·斯班少校屈服了。吉姆从水里爬了上来，马和独眼骡已经嗅到了布恩的气味，疯狂地朝河堤冲去，差点儿把吉姆也拖进水里。他稳住它们，把它们拴好，才走过来。

“你去霍克铺。”德·斯班少校给了他指南针，“找克劳医生。告诉他有两个病人，骑我的马去。认得路吗？”

“认得，先生。”吉姆回答。

“那就好。”德·斯班少校说，“快去吧。”

他转向艾萨克：“牵骡子回到车那边，套好车。我们乘船去库恩桥。认得路吗？”

“认得，先生。”艾萨克说。

“好，去吧。”艾萨克回到车旁，才发现他们跑了很远。等套好骡子、系好马时，已经是下午了。到库恩桥时，天已经很晚了。小船已经在那里等着，艾萨克还没看见船和河，就已经下了车，他紧握着绳子，找到一个稳当的地方，拉住独眼骡的耳朵，等待布恩的到来。车后的绳子断了，马跑了回去。他又把车掉头，卸下骡子，把它拉到不远处拴好。布恩抱着“狮子”上了车，山姆从船上坐了起来，大家搀扶着他，但他硬要挣扎着自己走，甚至还想自己爬上车子。但布恩可没那么大耐心，他放好“狮子”就把山姆抱起来放在座位上。再把老班绑好，拖上岸，接着又拖上车。艾萨克则牵着那头眼睛没受过伤的骡子回来。布恩套骡车时，费了些力气，狠狠地打了骡子一下，终于使它乖乖站住了。开始下雨了，他们冒着雨，穿越黑暗，看不见一丝光亮，有号角和枪声传来。

当他们到达山姆的小木屋时，山姆艰难地试着站起来。他又说了些大家听不懂的话，然后清楚地请求道：“请让我下去，让我回家。”

德·斯班少校说：“他家里没生火。”语气中带着命令，“我们得继续前行！”但山姆仍在挣扎，试图站起来。

“请让我下去，先生，”他恳求道，“让我回家去。”

艾萨克停下了马车，布恩立即跳了下来，把山姆从车上抱了下来。这一次，布恩没有让山姆自己走，而是直接抱着他走进了小屋。少校用纸条从壁炉中引了火，照亮了房间，布恩把山姆放在床上，帮他脱下了靴子，少校又为他盖上了毯子。艾萨克没有进屋，留在外面照看马车。停车的时候，老熊的气息随风飘散开，那头眼光敏锐的骡子又开始焦躁不安。山姆的目光在这一刻似乎又变得明亮起来，深邃得仿佛穿透了他们、这间小屋，甚至穿透了那头死去的老熊和那只气息微弱的狗。

然后，他们继续朝着号角声和时断时续的枪声所在的地方前进，每一声枪响都像被沉重的空气所捕获，与上一声的回响形成了共鸣；他们朝着那扇透出灯光的窗户，以及窗内平静的面容迈进。

布恩走进了屋子，身上沾满了血迹，但神情异常稳重，手里提着那件满是血迹的外套。他把“狮子”和沾血的外套一起放在了他那张散发着酸臭味、没有铺床单的床上，这张床即使是最擅长家务的阿许也难以收拾整洁。

从霍克铺请来的克劳医生已经到了。布恩拒绝先处理自己的伤口，执意要医生先照料“狮子”。医生不敢贸然给“狮子”注射麻醉剂，在没有麻醉的情况下，他小心翼翼地将“狮子”的内脏放回原位并进行了缝合。手术期间，德·斯班少校按住了“狮子”的头，布恩固定住了它的腿。在剧烈的疼痛下，“狮子”始终静静地躺着，黄色的双眸仿佛穿透了这个挤满了身着各式猎装的人们，穿透了这个弥漫着布恩身上与衣物上混合的臭味的封闭小屋，它的目光似乎穿透了一切，触及了更为深远的所在。

随后，医生给布恩清洁了脸、手臂和腿上的伤口，然后消毒并包扎好。艾萨克手提着灯笼领路，医生、麦卡斯林、德·斯班少校和康普生将军跟在后面，一起走向山姆的小屋。吉姆已经点燃了炉火，正在火边打盹。少校给山姆盖上毯子后，山姆没有动弹，但此刻他睁开了双眼，望着每一个人。麦卡斯林轻拍他的肩膀说："山姆，医生来给你看病了。"他伸出双手,试图解开衬衣的纽扣。麦卡斯林赶紧阻止道："别着急，我们来帮你。"

他们帮山姆脱下衣服，他就躺在那里，那古铜色的身躯上几乎没有毛发，就像一个上了年纪但仍充满着原始气息的老人。医生检查完毕后，拉上毯子，收起听诊器，关上药箱。只有艾萨克明白，山姆也很难再活太久了。

"他太虚弱了，可能还有些休克。他在床上休息一两天就会好转的，有人可以陪着他吗？"医生问。

"有的。"德·斯班少校回答道。

他们回到了那间气味难闻的小屋，布恩仍然坐在他的床上，手放在"狮子"的头上。跟随"狮子"去打猎的人和之前没见过"狮子"的人都静静地进来看了一眼，又默默地离开了。人们聚集在院子里，看着倒下的老熊，他的眼睛还睁着，嘴角露出腐坏的牙齿。人们注意到他的脚缺了几个趾头，还有五十二颗弹片埋在皮下，有大铅弹、步枪弹和霰弹。

阿许敲击着洗碗盆，喊大家去吃早餐，艾萨克惊讶地发现，厨房里的狗居然一声不吭，这是他第一次见到这样的场景。似乎失去了“狮子”的保护，哪怕老班已成尸体，它们仍然无法面对这个恐怖的存在。

雨渐渐停了。接近中午时，微弱的阳光驱散了云雾，空气和大地渐渐变暖。这是典型的密西西比十二月时的天气，温暖得像春天一样。他们按照布恩的指示，把“狮子”搬到门廊晒太阳。

“这家伙从不愿意待在屋子里，除非我逼它，你们都知道的。”布恩用撬棍撬开床板，小心地抬起床垫，把“狮子”搬到门廊上，面朝着森林。

然后，艾萨克、医生、麦卡斯林和德·斯班少校又去了山姆的小屋。这一次，山姆没有睁开眼睛，他的呼吸微弱得几乎察觉不到。医生甚至没有用听诊器检查，也没有触碰他。

“他没事，”医生说，“连感冒都没有。他只是暂时‘死’过去了。”

“暂时‘死’？”麦卡斯林问道。

“对，老年人有时候会这样。睡一觉，或者喝一杯威士忌，就能苏醒过来。”他们又回到布恩的屋子。

附近的人开始来了，他们有些住在沼泽地那边，身板消瘦，脸色苍白，靠着服用奎宁[1]、猎浣熊、喝河水过活；还有些在低洼地边耕种小块玉米和棉花地的农夫，他们总得防着老熊来捣乱；还有从伐木营

①奎宁是治疗疟疾的首选药物之一。

地、锯木厂甚至更远的城镇赶来的人，他们的猎狗曾被老熊干掉，陷阱被破坏，射出的子弹被熊皮挡住。他们或骑马或步行或坐马车来到这里，一踏入院子，首先打量那头巨大的熊，然后聚在屋前“狮子”躺着的地方。院子虽小，却挤满了人。近百人在温暖的阳光下，或蹲或站，低声讲述着打猎的故事，分享着关于遭遇野兽和猎狗的经历，回忆着已逝去的猎狗、熊、鹿和猎人。

这段时间里，“狮子”偶尔微微睁开眼睛，似乎不是因为想听人们谈论它，而是想在闭眼之前最后看一眼森林，想要牢记这片森林。夕阳西下时，它还是死了。

那天夜里，德·斯班少校宣布准备撤离。他们把“狮子”送进森林，准确地说，是布恩用自己床上的被褥把“狮子”包起来，独自一人抱着它走进森林，也不允许别人帮忙，就像前一天医生来的时候一样。布恩走在最前面，怀里抱着“狮子”。艾萨克、康普生将军、华尔特以及大约五十个留在这里的人，手里提着灯笼和火把，紧随其后——来自霍克铺，甚至更远地方的人，需要骑马穿过洼地才能回家；生活在沼泽地的居民和陷阱猎人，他们则需要步行返回各自的小屋。连挖墓这件事，布恩也不让别人帮忙干，他亲自把“狮子”埋了，掩上泥土。然后，康普生将军在坟前致辞，像是在为一个真正的人举行葬礼，此时，松枝的火光在寒冷的树梢摇曳。仪式结束后，他们回到了营地。

德·斯班少校、麦卡斯林和阿许已经收拾好所有的东西，两匹骡子拉着车站在洼地外面，车上堆满了行李。厨房里的火已熄灭，桌上放着冷菜和剩下的面包，只有咖啡还在冒热气。艾萨克冲进厨房时，德·斯班少校和麦卡斯林早已吃完了。

“咋啦？要回去了吗？”艾萨克大声问道，“不行，我不想回去。”

“是啊，”麦卡斯林回答，“我们今晚就得走了。少校决定回家了。”

“不行！”艾萨克生气地说道，“我要待在这里。”

“但是你下周一必须回学校了，你已经请了比原计划多一周的假了。从现在到下周一，你得好好复习。山姆没事，克劳医生已经说了。我打算让布恩和吉姆留下来照顾山姆，直到他康复。”这时，其他人也走进了屋子。艾萨克喘着粗气，他扫视了一圈周围的人。布恩又端来了一瓶酒。他摇晃着酒瓶，拔下木塞，开始喝酒。

“没啥好说的，你该回学校去。”布恩说，“不然，就算卡斯不说你，我也会说你，不管你是十六岁还是六十岁。不努力学习，你以后能有啥出息？你怎么对得起卡斯呢？要是我没上过学，我都不敢想象自己现在会是啥样。”艾萨克又看向麦卡斯林。他感觉自己的呼吸越来越急促，仿佛厨房里的空气不够用一样。

“今天才周四，我周六骑马回家，周日晚上再用功，把落下的课程补上。麦卡斯林。”艾萨克恳求着，仍然抱着希望。

“不行，我已经说过了。”麦卡斯林回答，“坐下吃饭吧，我们快要出发了……”

“等等，卡斯。”康普生将军插话道。艾萨克感觉有一只手搭在了自己的肩上，他转过头，发现康普生将军已经在他身后。

“怎么了，孩子？”将军问道。

“我得留下，”艾萨克说，“我必须留在这里。”

“好吧，”康普生将军说，“你可以留下。如果你因为一周的缺勤而落后了进度，需要拼命学习，去补上那些书本上的知识，那我觉得你还不如不读书呢——别着急反驳，卡斯。”他继续说道，尽管麦卡斯林还没开口，“你一只脚踩在农场，一只脚踏在银行，却还没找到稳定的立足点，而这个孩子早就成了一个充满智慧的老人，在你们家族开始经营农场和银行之前，他就已经懂得了生活的真谛，对此他或许心存敬畏，但从不畏惧。他能够凭借指南针走上十英里路去看熊，又能靠着指南针走上十英里夜路回来。或许，这正是你们能建立农场和银行的原因吧。艾萨克，你还是不愿意说清楚你为什么要留下来吗？”

“我就是要留下。”艾萨克坚定地说道。

“好吧，”康普生将军说，“这里还有很多食物。那么你答应卡斯，周六回家，可以吗？不是周日晚上，是周六。”

“好的，先生。”艾萨克答道。

“很好，”康普生将军说，“孩子们，坐下来吃饭吧，我们得快点儿动身。天色不等人，很快就会变冷的。”他们围坐在桌前，开始享用晚餐。

马车已经准备好了，等待着众人上车出发。他们计划让布恩驾着马车，把它停在大路旁一个农家的马厩里。布恩站在马车旁边，头上包着绷带，看起来像个异国的战士。他比其他人都高大，他喝完瓶中最后一点儿酒，然后把空瓶扔了出去，瓶子在微弱的星光下闪闪发光。

“准备好！要走了。”他说道，”快上马车。不想走的，就给我让开。”

人们一个接一个地上了马车，布恩也跟着上去，坐在康普生将军旁边。马车在夜色中慢慢地启程，直到艾萨克再也看不见它，甚至难以确定是否有一团暗影在更广阔的夜空中移动。但他仍能听到马车的声音，那是木车轮在车辙间碾过的沉闷声响，在夜里回荡。马车的声音消失后，他仍能听到布恩的歌声，虽然有点儿沙哑，有点儿走调，但很响亮。那天是星期四。

到了星期六清晨，吉姆骑着麦卡斯林家那匹六年来从未离开过低地的马离开了森林。黄昏时分，他骑着疲惫的马匹回到了农庄，停在小店前。麦卡斯林正在给佃户和工人分发下周的口粮。为了避免等待德·斯班少校的四轮马车，麦卡斯林明智地选择了自家的马车。吉姆一上车就沉沉地睡去了，麦卡斯林赶着车前往杰弗森镇，等德·斯班少校准备好后，他们又在夜色中飞驰了三十英里，到星期天的清晨时，换上了备好的母马和骡子。

太阳升起时，他们走出了森林，来到了埋葬"狮子"的小土丘，新挖的泥土上还留着布恩挖掘的痕迹。在坟丘的另一边，有人用新砍的树枝搭起了一个平台，上面安放着用毯子裹起来的东西，布恩和艾萨克正蹲在平台和坟丘之间。看他们到来，布恩扯下绷带，露出了老熊留下的爪痕，就像硬化的柏油在阳光下闪闪发光。他手里拿着那把从未击中过目标的老枪向他们冲过去，但麦卡斯林已经敏捷地跳下骡子，一脚踹开马镫，跃到了地上，还没等骡子停稳，就朝布恩走去。

"退后，"布恩说道，"天啊，别碰他[①]。退后，麦卡斯林。"

---

①山姆的尸体。

麦卡斯林继续前进，步伐稳健，既不匆忙也不缓慢。

“卡斯！”德·斯班少校喊道，接着又喊道，“布恩！嘿，布恩！”德·斯班少校也下了马，艾萨克赶紧站了起来，但麦卡斯林仍然坚定地向前走去。他走到了坟丘旁边，迅速而有力地伸出一只手，握住枪的中间部位，于是两人隔着坟墓相对而立，各自紧握着枪的一端。布恩那张布满野兽爪痕的脸上满是疲惫、倔强、惊愕和愤怒，他的个头比麦卡斯林高出许多，他的胸膛开始起伏，仿佛整个森林、整个荒野的空气都不够他们几个人，甚至只是他一个人呼吸。

“放下那把枪，布恩。”麦卡斯林说。

“你这个高个子家伙——”布恩反驳道，“你不知道我能一下子抢过这把枪吗？你没搞清楚我能像扭领带一样把这把枪弯过来勒住你的脖子吗？”

“我知道，”麦卡斯林平静地回答道，“但是，布恩，你得放手。”

“他是自己要这样做的，他亲口告诉过我们，一字一句地告诉我们该怎么做。看在老天爷的份上，你不能把他移走。我们按照他的意愿做，从那时起，我就一直坐在这里守着他，不让野猫或其他动物靠近他，看在老天爷的份上……”

这时，麦卡斯林轻而易举地夺过了枪，他拉开了枪栓，让枪口朝下，子弹一颗接着一颗地迅速退出，前一颗还没落地，后一颗就紧随其后地掉落。麦卡斯林紧接着把枪扔到了身后，但双眼始终紧盯着布恩。

“是你杀了他吗，布恩？”麦卡斯林问道。

布恩的神色有了一点儿变化。他转过身子，动作显得笨拙，好像酒意还未消散一样，他的双眼甚至在一瞬间失去了焦点，他伸手摸索着，朝着大树走去，但还没走到就仿佛无法再向前，他踉跄着靠在树上，双手攀住树干，背靠着树。他那张狂野、疲惫、满是伤痕的脸和起伏的胸膛在树干前格外显眼。麦卡斯林慢慢地走了过去，再次与布恩面对面，目光仍牢牢锁定着他的眼睛。

“是你杀了他吗，布恩？”

“不！”布恩喊道，“不是我！”

“说实话，”麦卡斯林坚持道，”如果是他要求的话，我也会这样做。”

这时，艾萨克忍不住了。他站在两人中间，面向着麦卡斯林，眼泪如泉水般涌出，那眼泪不像是从眼眶流下的，而是像汗水一样从整张脸上涌出来的一样。

“别再逼他了！”艾萨克大声喊道，“天啊，别再逼他了！”

五年前，瓦尔特·艾维尔在火车头的守车那儿，用枪打中了一只很特别的鹿，它有六只角。那是火车第一次开进森林深处，那里都是砍伐树木的地方，结果火车碰到了一只熊。这只熊就像只小狗似的，撅着屁股在铁轨上挖挖这儿、挖挖那儿，它可能在找蚂蚁或者甲虫玩儿，也可能对这些突然出现的光溜溜、整整齐齐排着的木头感到好奇。这些木头突然就出现了，排成了一条长长的线。直到火车司机在离它不到五十步远的时候按响汽笛，它才被吓跑了，爬上了一棵白蜡树。有个工人朝它扔石头，它就像人一样把头缩起来躲着。那天晚上，火车拉着木头回来的时候，发现熊还在树上。布恩和阿许听说了，就在树下守着，保护熊不被伤害，整晚都没睡。第二天，德·斯班少校、康普生将军、瓦尔特还有麦卡斯林都来了，那个时候，艾萨克才十二岁。大家一起看熊在树上待了快两天，熊没吃没喝。最后熊下来了，但它没去喝水，而是直接跑了。

那时候，火车对大家来说还没什么坏处。在打猎的地方，他们偶尔能听到火车经过，空车进山的时候轻快又安静，满载出来的时候感觉火车速度会慢了点，但其实也不慢，只是感觉上是这样。火车静静地开，不按喇叭，偶尔冒点儿蒸汽，就像个孩子玩沙子，不停地装满倒空，玩得不亦乐乎，却不知道这些木头要去哪儿，为什么被运走。砍树留下的痕迹很快就长好了，就像游戏里的沙子，倒出来又被看不见的手悄悄给放回去了。

事情现在完全不一样了。虽然火车、司机、守车员和工作人员都没变，但自从布恩在喝酒后乱说了些话，说要对付老班那头熊后，这列火车似乎带着一种奇怪的气氛。它还是像往常一样快速穿梭在我们熟悉的森林间，但感觉就像是预示着新锯木厂和铁轨要来了，就连空气也变得沉闷了。

艾萨克明白为什么德·斯班少校不再来打猎了，而且以后也不会再来了。火车靠近时，他不需要汽笛提醒就能感觉到，因为阿什和马车都在那儿，缰绳还是像往常一样绕在刹车杆上，尽管少校已经多次警告过了。火车缓缓减速，车厢轻轻晃动，他从守车跳下来，守车还在缓慢滑行，而火车头已经开始加速远离，渐渐消失在森林深处，声音也渐渐远去。

森林恢复了宁静，它古老而深邃，比任何锯木厂和铁路都要古老。它静静思索，不受外界干扰。艾萨克知道布恩已经先他一步进入森林，昨天就已经准备好马车，今天黎明前就出发了，说是要去橡胶树那边等他。那棵橡胶树他很熟悉，位于林边的一片空地上，如果悄悄接近再突然出现，可能会看到很多松鼠，因为周围没有别的树供它们逃走。

于是，艾萨克没有上马车，决定直接去找布恩。

“我去了。”艾萨克说。

“嗯，我就知道你会这么说。”阿许拿起一盒子弹递给他，然后解开了车上的缰绳。

“少校又提醒你别这么干了多少次了？”

“别干什么？”阿许反问道，然后又说：“你告诉布恩，一个小时后开饭，要吃饭就得按时回来。”

“一个小时？现在才九点不到啊。”艾萨克掏出表给阿许看，但阿许连看都不看。

“那是城里的时间，你这是在森林里。”

“那你看看太阳嘛。”

“也别看太阳了，想吃饭就照我说的做。我还得劈柴呢，小心点儿，这里蛇多。”

“我会注意的。”艾萨克答应着，踏入了森林。尽管不是独自一人，他仍感到了孤单。四周都是绿意盎然的夏天，这份孤独仿佛与季节无关，始终如一，就像夏日的绿、秋天的火红、冬日的寒冰，甚至是偶然的雪景。

他想起了那天，他射杀了一只雄鹿，山姆用温热的鹿血抹在他的脸上，回到营地时，阿许一脸怀疑，不停眨眼，甚至发起了脾气，直到麦卡斯林证实他确实杀了鹿，阿许才安静下来。那晚，阿许因为没打到鹿而不高兴，连饭都不想做，最后是吉姆接手了厨房的工作。第二天，阿许竟然在半夜一点半就把早餐准备好了。德·斯班少校和阿许争论了一番，原来阿许也想去打猎，于是少校说："好吧，我们还是自己做饭吧。"华尔特·艾威尔开玩笑说："或者每天半夜起来吃阿许做的早餐。"

因为艾萨克已经完成了他猎鹿的任务，除非大家需要鹿肉，否则他不能再打猎了。于是艾萨克提议让阿许用他的枪，德·斯班少校决定让布恩用一天他的枪，而阿许则用布恩那把手枪，给了他两颗大号铅弹。阿许却说他有自己的子弹，还展示了他的收藏：一颗大号铅弹、一颗兔弹、两颗鸟弹，每颗都有它的故事。艾萨克记得阿许讲述子弹来历时的神情，还有少校、华尔特和将军的反应，阿许骄傲地说："能用吗？当然！这颗大号铅弹是八年前康普生将军用同一把枪打死那只大公鹿后给我的。这颗兔弹，比这孩子还老呢！"

那天早上，阿许自己装弹，故意把顺序调换，先是鸟弹，然后是兔弹，最后是大号铅弹，这样大号铅弹就能先上膛。于是，艾萨克没带枪，和阿许一起走在德·斯班少校和吉姆的马旁，那时是下雪的天气，猎犬分散开来，吠声在沉闷的雪花中迅速消失，好像连回声都被雪埋没了。

德·斯班少校和吉姆带着狗也进了森林，事情就这样结束了。艾萨克明白，就像阿许告诉他的那样，他已经完成了猎鹿的任务，他这么小就能打到鹿，也得到了大家的认可。他们转身踩着雪回家，阿许在问路，艾萨克领头走，尽管营地不远，但阿许总是搞不清方向，尽管他每年都来这里两个星期，已经二十年了。

没多久，艾萨克看到阿许端枪的样子，觉得不太对劲，于是换成阿许走在前面，边走边像老爷爷一样念叨着森林、营地、吃饭、做饭，还有他老婆做的饭菜，接着聊起一个新来的保姆，说她如果在他老婆不注意时还对他抛媚眼，他就要给她点儿颜色看看。

他们穿过一条狭窄的小路，快到营地时，前方有一截倒下的树干挡路。阿许正要迈过去，突然，一只小熊出现在树干另一侧，像是被吓到的小孩在祈祷。阿许紧张地举起枪，艾萨克喊："你枪里没子弹，快上膛！"但枪已经响了，艾萨克再次提醒："上膛！枪里没子弹！"阿许手忙脚乱，枪终于稳定了，又响了一声，艾萨克急得大叫："别开枪！别开枪！"但来不及了，枪又响了，小熊迅速跑掉了，只留下树干、藤蔓和不断飘落的雪花。阿许问："现在怎么办？"艾萨克说："跟我来。"

艾萨克倒退着引路，阿许说要找子弹。艾萨克说："算了，走吧。"但阿许坚持回去找，他也只好帮忙。他们起身时，忘了的枪突然自己响了，发出光芒后又归于平静。艾萨克接过枪，取出最后一颗子弹给阿许，枪膛开着，他一路背回营地，把枪靠在布恩床后的角落里。

季节轮回，春风拂面，花朵盛开，夏日炎炎，阳光灼热，秋风萧瑟，叶片飘舞，冬日严寒，雪花纷飞。这是自然界永恒的规律，伴随着艾萨克成长，就像另一个家一样。对于阿许来说，他身上流淌着黑人奴隶和印第安首领的血统，大自然就像他的家人一样，他是艾萨克的心灵引导者。艾萨克对阿许充满尊敬和爱意，也为他的去世感到悲伤。艾萨克将来会迎接婚姻的美好时光，虽然短暂，却因为珍贵而闪耀。这段回忆可能会伴随他们直至生命的尽头，因为回忆是永恒的。森林一直是艾萨克的好朋友，也是他的伙伴。

艾萨克没有走向那棵橡树，而是选择了继续前行。以前，他害怕独自踏入森林，后来他意识到了自己的无知，更不敢孤身一人行动。渐渐地，他开始尝试用指南针探索森林，不是因为自信增强了，而是因为麦卡斯林、德·斯班少校、华尔特和康普生将军教会了他信任指南针。如今，他甚至不再需要指南针，只需凭借太阳就能准确判断方向，就像手里握着地图一样。地势渐高，他经过了标志着德·斯班少校保留地的水泥界碑之一，登上小山丘，眺望着所有的界碑。它们在这片充满生机的土地上显得格外突兀，因为在这里，死亡不是终点，而是生命循环的一部分。

经过两个冬天的落叶覆盖和两个春天的雨水冲刷，那两座墓几乎看不见了。但前来悼念的人不需要墓碑，山姆曾教过他如何通过观察树木的位置来辨认墓的位置。他用猎刀轻轻一戳，就触摸到了那个装着老熊脚爪的铁罐，那是“狮子”的墓。他没有打开它，也没有去寻找另一个墓。

两年前的那个星期天，他和麦卡斯林、德·斯班少校、布恩一起埋葬了山姆，就在这片地方。他们为山姆留下了他的号角、猎刀和烟斗。他并不需要刻意去找那个地方，因为他可能早就走过或者踩过那片土地了。但这并不重要，因为他觉得山姆或许早已预料到他会来。他走到了他们用来支撑山姆身体的那棵树旁边。那是一棵老树，上面挂着一个锈迹斑斑的旧铁罐，看起来有些格格不入，但随着时间的流逝，一切都变得和谐起来。铁罐里空空如也，他之前放进去的食物和烟草都不见了，他现在打算放进去的新的烟草、手帕和薄荷糖。这些东西都是山姆喜欢的，它们也将很快消失，不是真的消失了，而是融入了这片生机勃勃的森林中，留下了微小的痕迹。

森林里的生物，都默默地在树叶后面注视着他，直到他再次出发，继续前行。他没有停下来，只是稍微停顿了一下，然后离开了土丘。这并不是一个埋葬死者的地方，因为在这里没有死亡，没有所谓的“狮子”，也没有山姆。他们并不被土地束缚，而是与土地共生，他们是土地的一部分，从树叶到树枝，从阳光到雨露，从橡果到橡树，再到橡果，这种循环永不停息，形态各异，却又遵循着同一规律。

老熊也是这样，他们甚至会归还自己的脚爪。那场漫长的对抗和追逐，并不是被迫发生的，也没有造成伤害，只是一种平静地存在。就在那一刻，他仿佛又听见了阿许的声音。那声音在他静止的瞬间响起，他一只脚承担着重量，另一只脚刚刚提起，他屏住了呼吸，恐惧再次涌上心头。艾萨克·麦卡斯林很久没有感受到这种感觉了。他低头看去，心中更多的是恐惧而非惊讶。

那东西并没有蜷曲，也没有发出嘶嘶声，只是缓缓地向后退，头部微微后仰，颈部的环圈收紧。它并不感到恐惧，也没有展示任何威胁的迹象。虽然它的身长达六英尺，头部高过他的膝盖，但离他更近。这是一只年迈的生物，它曾经身披鲜艳的斑纹，如今却已经暗淡无光，与森林融为一体。这个古老而孤独的生物，散发着一股淡淡的恶心的气味，有点像腐烂的黄瓜，又夹杂着一种未知的味道，让人联想到古老的智慧、疲惫、卑微和死亡。

蛇终于有了动静，但它的头却稳如泰山，直立着，仿佛一尊雕塑。只见它的身体慢慢地向前滑行，似乎头颈与身体独立存在，毫不受重力影响。它这样一溜烟地爬走了，把原本悬浮在空中的身躯放到地上。他像是在学山姆多年前的动作，举起一只手，模仿着山姆教给他的古老语言说："酋长爷爷。"

他没有察觉声音是何时开始的，但听起来像是有人在用力敲击铁轨，声音又响亮、又坚定，还稍稍带有些许疯狂的味道。那声音肯定不是来自火车轨道，虽然方向对了，但至少有两英里的距离，而声音似乎就在不远处。他心里想着，突然明白了声音的来源：不管那人是谁，正在做什么，肯定就在那橡树附近的空地上，那正是他和布恩约好见面的地方。

他本来一边搜寻着猎物，一边小心翼翼地前行，动作轻盈，目光扫视着地面和树梢。此刻，他继续前行，枪膛空空，枪口向上，以便在灌木丛中穿行。随着接近，敲击声变得越来越清晰，带着一种原始而失控的感觉。他走出了树林，来到空地，只见那棵孤零零的橡树矗立在那里，看似树上全是一窝蹦跳的松鼠，几十只在枝头跳来跳去，整棵树仿佛成了绿色的漩涡，偶尔有松鼠从树干上跳下，打个滚又窜回树上，就像被漩涡吸引一般。

他看到了布恩，他背靠着树坐着，头低垂，正疯狂地用某物敲打着自己膝盖上的东西。原来他手里拿的是拆下来的枪管，用来敲击枪膛，而其他枪的零件则散落在周围。布恩的脸涨得通红，汗水像核桃般滴下，他毫无顾忌地继续敲击着。甚至没有抬头看是谁来了，只是一味地敲击着，用嘶哑的声音对艾萨克喊道："走开！别碰它们！一个也不许！它们是我的！"

花斑马

一

先生，您说得没错。弗莱姆·斯诺普斯把整个乡下都变成了花斑野马的天下。乡亲们日夜不停地驱赶着这些马匹，叫喊声此起彼伏。那些野马在小木桥上狂奔时，蹄声如雷，震耳欲聋。就拿今早来说，我驾着马车慢悠悠地进城，在半道上昏昏欲睡。忽然间，一个庞然大物从树丛中猛然跃出，像离弦的箭一般掠过路面，竟从我的骡子背上凌空飞过。那家伙大得像块广告招牌，架势犹如雄鹰掠过长空。我足足费了半个钟头才制服受惊的骡子，把搅作一团的缰绳和马车重新归置停当，这才得以继续赶路。

弗莱姆·斯诺普斯可真是个厉害角色。要说他不是个精明的生意人，那我这脑袋就算白长了。大概十年前的一个清晨，我们几个刚在凡纳杂货铺的门廊里坐下，正打算抽会儿烟、闲聊几句，这家伙就从柜台后面晃悠出来了——外套也没穿，头发从中间分开，梳得整整齐齐，那架势活像是给凡纳干了十年活儿的老伙计。其实村里人都认识

他。斯诺普斯家是个大家族，原本住在离河滩地约莫五英里的地方，至少那一年还在那儿租地种田。这家人从来不在一个地方久住，不到一年准会抱着新生的娃娃——有时候还是双胞胎——搬到别处去。他们就是这样，年年生孩子，年年换地种，跟钟表似的准得很。除了弗莱姆，全家人至今还在当佃农，到处搬家。可突然有一天，弗莱姆就在这儿冒出来了，大摇大摆地从乔地·凡纳的柜台后面转出来，不知道的还以为店铺是他的呢。他在店里才干了不过一两年光景，大伙儿就看出来了：要是他再给乔地干上十年，到时候就该乔地给他打工了。这家伙啊，就算手里只有五分钱作为本钱，他也能倒腾出一毛钱来。我跟他做过两次生意，两次都让他占了便宜。我自认为也算个机灵人，可跟这家伙比起来差远了。我现在就盼着他能比我先发财——这就是我心里唯一的想法。

就这样，弗莱姆在凡纳的杂货铺里安顿下来当起了伙计。他这儿赚五分，那儿赚五分，但从来不会到处张扬。没错，先生。要不是那些被他算计的人自己说漏嘴，街坊邻居压根就不知道他什么时候又占了谁的便宜。他总是叼着烟，四平八稳地坐在店铺的椅子上，自己的事半个字儿都不往外吐。往往得过几个礼拜，大伙儿才慢慢琢磨明白——他闭口不谈的从来不是他自己的勾当，而是别人吃了哑巴亏的事。得等到那个倒霉蛋实在憋不住说破了，我们才能知道实情。这就是弗莱姆的做派。

起初大伙儿都以为，弗莱姆至少得用十年工夫才能把乔地·凡纳的店铺整个弄到手。可谁承想，他根本没等那么久。各位想必都记得比利·凡纳大叔家那个叫尤拉的闺女吧？她是凡纳家最小的女儿，乔地的妹妹。每逢礼拜天，乡下所有带黄轮子的轻便马车准会齐刷刷地停在比利大叔家门口，那些毛色油亮的马儿全都拴在他家篱笆上。那些打扮得还挺像样的小伙子们像蜜蜂围着蜜糖罐似的，在门廊里围着尤拉打转。这姑娘生得高大丰满，性子却温顺得像头小羊羔，笑起来比春耕时节新翻的泥土还要叫人舒坦。这帮追求者谁也不肯第一个告辞，总要在门廊里赖到深更半夜。哪怕有人得骑马赶十几里夜路，第二天还得起早下地干活，他们也要等到最后一起告退。常常是一大群人结伴骑马驾车到小溪渡口，把精心打扮的马匹和锃亮的黄轮马车拴好后，打上一架才肯各自回家。

约莫一年前，突然有辆黄轮马车载着个打扮齐整的小伙子离开了这儿。听说是去了得克萨斯。第二天，比利大叔带着尤拉和弗莱姆，坐着他的四轮双座马车进了城。等他们回来时，弗莱姆和尤拉已经成了夫妻。紧接着第三天，我们又听说有两辆黄轮马车不见了踪影，八成也是奔得克萨斯去了——那地方可大着呢。

大约在婚礼后一个月，弗莱姆和尤拉启程去了得克萨斯。他们离开了将近一年。上个月，尤拉独自带着婴儿回来了。我们仔细观察后发现，这个据说才三个月大的婴儿体形大得惊人——已经能扶着椅子站立了。大家都说从未见过这般早熟的孩子，看来得克萨斯真是个神奇的地方，那里的人和事物似乎都生长得特别迅猛。照这个速度发展下去，这孩子恐怕八岁就能独当一面了。

上周五，弗莱姆终于也回来了，与他同行的还有个戴着高顶礼帽的陌生人，那人后裤袋里别着象牙柄手枪和一盒姜汁饼干。他们驾着马车，后面是用带刺铁丝连成一长串的二十多匹得克萨斯小马驹，毛色斑斓如鹦鹉，看似温顺似白鸽，实则每匹都暗藏杀机，眼神凶悍得如同随时准备攻击的响尾蛇。这些野性未驯的马匹显然从未接触过马鞍。那个得克萨斯人为了证明马匹温顺，刚走近展示，一匹马就猛然撕碎了他的背心，其利落程度堪比剃刀划过。

弗莱姆不知什么时候已经溜得不见人影，八成是找他老婆去了，说不定还惦记着自家小子能不能下地给比利大叔搭把手犁田。得克萨斯人把那群马轰进了小约翰太太家的场院。进门时费了点儿劲——这些牲口打生下来就没见过篱笆。折腾半天总算全赶了进去，他抄起剪刀“咔嚓”铰断拴马的铁丝，又把它们撵进牲口棚，哗啦啦往马槽里倒玉米粒。这下可好，马群差点儿把棚子掀个底朝天。我琢磨它们准把玉米粒当成了虫子，要么就是吓破了胆。

天黑后我们聚在小约翰太太家门廊下歇凉。那晚月亮快圆了，明晃晃照得场院通亮。只见那些长着花斑的畜生像极了池塘里受惊的鱼群，绕着篱笆没头没脑地乱窜。时不时还挤到牲口棚边上，你踢我咬算是歇脚。冷不丁儿一声马嘶撕破夜空，紧接着蹄子踹木板的动静活像放鞭炮——仿佛有人拎着把左轮，不紧不慢地在一窝山猫堆里练靶子。

二

那时候，没人能确定弗莱姆到底是不是这群马匹真正的主人。人们心里都清楚，这事他们永远也别想弄明白。就连弗莱姆是不是在镇子边上搭了顺风车来的，大伙儿也都说不准。就连跟他血缘最近的堂兄弟埃克·斯诺普斯，对此也毫不知情。不过这倒不奇怪。我们都很清楚，要是弗莱姆打算从埃克口袋里掏钱，他绝对会像对待我们一样毫不手软。

第二天天刚蒙蒙亮，人们就陆续赶来了。有些人甚至是从十几英里外专程过来的。他们挨着栅栏站着，工装裤的烟袋里塞着原本要买种子的钱。那个得克萨斯人在小约翰太太的旅店吃完早饭走出来，一翻身骑上了篱笆门柱，屁股后面的口袋里露出白色手枪柄。他从兜里掏出一盒没拆封的姜汁饼干，像咬雪茄似的把包装盒咬开，吐掉嘴里的纸片，然后宣布拍卖开始。这时候，还有不少人正赶着马车、骑着骡马陆续到来。他们把牲口拴在路对面，凑到栅栏跟前。唯独弗莱姆始终没有现身。

然而，那个得克萨斯人怎么也没法让人们对买马提起兴致。于是，他把主意打到了埃克身上——毕竟前一天晚上是埃克帮他把马群赶进牲口棚，还喂了玉米。幸亏埃克这小子溜得够快，否则他差点儿就被那些马活活踩死了。他就像决堤的洪水里蹦出来的一颗石子，嗖地从牲口棚里弹了出来，连滚带爬地跳上大车，逃得那叫一个及时。

就在得克萨斯人想方设法怂恿埃克的时候，亨利·阿姆斯蒂赶着马车到了。埃克推说自己不敢出价，生怕一开口就真的把这马买下来。得克萨斯人讥讽道："怎么？看不上这些矮脚马？嫌它们不够高大？"说着从门柱上溜下来，朝马群走去。那些马立刻四散奔逃，他跟在后面，嘴里发出啧啧的声响，手臂伸得老长，活像要捉苍蝇似的。最后总算把三四匹马逼到了角落，一个翻身就骑了上去。顿时尘土飞扬，遮天蔽日，我们眼前一片混沌。那些呆头呆脑的杂色畜生从滚滚黄尘中蹿出来，蹦得老高，四下逃窜，根本数不清有多少个方向。等尘埃稍定，只见得克萨斯人还骑在马上，用制服烈马的方式扳着马头。那马四条腿绷得笔直，浑身抖得像筛糠，嘴里发出锯木头般的嘶鸣。得克萨斯人把马头拧得仰面朝天，那匹马只能对着天空喘气。"都看清楚了，"他吼道，马刺抵着马腹，白枪柄在口袋里若隐若现，脖子上的青筋暴起，活像条鼓气的毒蛇。他一边骂着那匹马，一边冲我们嚷嚷。我们勉强听明白他在喊："好好瞧瞧这匹马。上来试试，买回家去，保准是匹好马……"话音未落，又是一阵尘土飞扬。这回我们只能看见花斑色的马皮和鬃毛，还有得克萨斯人的靴跟像两颗核桃似的在马腹上磕碰。突然，他那顶高帽子腾空而起，慢悠悠地飘过篱笆，活像只肥母鸡扑棱着翅膀飞了过去。

当尘土渐渐散去，只见得克萨斯人从远处的篱笆角落慢悠悠地踱了回来，一边拍打着满身的灰土。他弯腰拾起那顶滚落的帽子，仔细掸去上面的灰尘，又费力地爬回到门柱上。此刻他胸口剧烈起伏，大口喘着粗气，从衣兜里摸出姜汁饼干，往嘴里塞了一块，呼吸仍显得十分急促。那匹被骑过的马还在场院里机械地转着圈子，活像游乐场里不知疲倦的旋转木马。就在这当口，亨利·阿姆斯蒂推推挤挤地穿过人群，来到篱笆门前。他穿着一条打着补丁的工装裤，套了件袖口宽大的衬衫。起初谁都没注意到他的到来——所有人的注意力都被得克萨斯人和那些烈马吸引去了。就连小约翰太太也放下手头的活计出来看热闹。她原本在后院生起了洗衣的炉火，这会儿时不时走到篱笆前张望，又折返回屋抱出一堆待洗衣物，站在篱笆边继续观望。亨利就这样挤到了最前面，这时人们才注意到紧跟在他身后的阿姆斯蒂太太。她裹着一件已经褪色的晨袍，头上歪戴着一顶泛白的宽檐遮阳帽，脚上趿拉着双网球鞋。“回马车上去。”亨利头也不回地说道。

“亨利。”她轻声唤道。

“嘿，各位，”得克萨斯人扯着嗓子喊道，“给这位太太让条道。来吧，亨利。”他继续怂恿道，“多好的机会啊，给你媳妇买匹温顺的小马。十块钱就够，怎么样？”

阿姆斯蒂太太的手轻轻搭上丈夫的胳膊。“亨利。”她又唤了一声。亨利猛地甩开她的手。“我再说一遍，回马车上去！”他的声音像铁块般生硬。阿姆斯蒂太太依然站在原地没动，双手藏在褪色的晨袍里，目光低垂。

“我们家已经过得够难了，哪还买得起这个。”她低声说道，声音轻得几乎听不见，“我们手中比住在救济院的人多不出五块钱来。”这话不假。他们那点儿薄田收成刚够糊口，家里还有四个孩子要养。孩子们身上穿的，全靠她每晚等亨利睡熟后，借着炉灶的微光织布换来的。

“闭嘴！”亨利厉声喝道，“再不走，信不信我当众拿车辕抽你？”他的拳头攥得发白，声音里透着压抑的怒火。阿姆斯蒂太太依然没有挪步，像棵生了根的树，只是把脸更深地埋进那顶褪色的太阳帽里。

这时，得克萨斯人瞥了阿姆斯蒂太太一眼，便继续游说埃克，完全无视了亨利的存在。可埃克心里直打鼓：“万一花冤枉钱买回匹无法驯服的烈马，那可怎么办？我才不上这个当。”

见埃克犹豫，得克萨斯人突然宣布要白送他一匹马。“就当是给拍卖会开个张，也谢谢你昨晚帮忙。”他说着，指了指那匹长着怪脑袋的马，“只要你肯给下一匹马出个价，这匹‘提琴头’就归你了。”

你真该看看当时那帮人的表情。他们攥着准备买种子的钱，眼睁睁看着得克萨斯人要把活马白送给埃克。不管埃克接不接受，大伙儿都认定他非当这个冤大头不可。最后埃克终于松口：“行吧，我就出个价。不过说好了，除非没人加价，否则我可不要第二匹马。”得克萨斯人满口答应。埃克小心翼翼地喊出：“一块钱。”亨利·阿姆斯蒂站在一旁，嘴巴张得老大，瞪着他们两人。“一块钱。”埃克又重复了一遍。

得克萨斯人盯着埃克，嘴巴半张着，活像被人掐住了喉咙。“一块钱？”他难以置信地反问，“你是说一块钱吗，埃克？”

“见鬼。”埃克被盯得发毛，不情愿地加价，“那就两块钱吧。”

天哪，您真该亲眼瞧瞧那个得克萨斯人当时的模样。他掏出那盒姜汁饼干，举到眼前仔细端详，仿佛里面藏着一颗钻石，或是只毒蜘蛛似的。突然他把饼干盒一扔，抽出块花哨的大手帕擦了擦脸。“行吧。”他无奈地说，“两块钱就两块钱吧。埃克，你脑子没发热吧？”他故意问道，“晚上睡觉不会说胡话吧？算了算了。”他摆摆手，“就这么着吧。不过我说各位，你们就眼睁睁看着埃克用一块钱一匹的价钱把两匹马都牵走？”

这句话可真是戳中了要害。说实话，这家伙的精明劲儿比起弗莱姆·斯诺普斯也不遑多让——我要说谎就天打雷劈。话音未落，亨利·阿姆斯蒂就猛地举起胳膊喊道：“三块钱！”阿姆斯蒂太太急忙想拉住丈夫，却被他一把推开。只见亨利挤到门柱前，眼睛都红了。

“先生，”阿姆斯蒂太太哀求道，“家里几个孩子还等着吃饭，哪来的玉米喂牲口？这五块钱是我每天趁他睡着时熬夜织布攒下的，是要给孩子们添置衣裳的。亨利已经够操心的了……”她的声音越来越轻，手指紧紧绞着那件褪色的晨袍。

“亨利出价三块，”得克萨斯人拖长声调说，“埃克，只要你再多加一块，这匹宝贝就是你的了。”

“亨利！”阿姆斯蒂太太的声音在发抖。

“快加价啊，埃克。”得克萨斯人催促道。

“四块。”埃克咬了咬牙。

“五块！”亨利吼叫着挥舞拳头，像头蛮牛似的挤到门柱前。阿姆斯蒂太太死死盯着得克萨斯人，眼神里带着绝望的警告：“先生，要是你拿我熬夜织布给孩子攒的这五块钱，换给我们一匹那样的畜生，老天爷定会降罪于你！”

可亨利已经红了眼。他冲到得克萨斯人面前，拳头攥得咯咯响。突然他摊开手掌——里面堆满了汗津津的硬币，五分的、两毛五的，只有一张皱巴巴的一元纸币，像是被牛嚼过又吐出来似的。“五块！”他喘着粗气，“谁要是敢再加价，要么我敲碎他的脑袋，要么让他敲碎我的！”他的眼白布满血丝，活像头被逼到绝境的野兽。

“就这样吧。”得克萨斯人说，“五块成交。但是，不要对着我挥拳头。”

三

夕阳西沉时，最后一匹马才终于成交。整个下午，得克萨斯人只有一次把气氛炒得火热，让竞价飙到了七块两毛五。多数时候，人们只肯为这些马匹掏出三四块钱。那得克萨斯人骑坐在门柱上，用嘴巴指挥着把马一匹匹牵出来拍卖。小约翰太太在洗衣盆前上下搓洗着衣物，时不时停下活计，走到篱笆前张望片刻。她手脚麻利得很：洗净的衣物早已晾晒在后院的绳子上，这会儿厨房里飘出的晚饭香气正勾得人饥肠辘辘。当最后一匹马也找到买主后，得克萨斯人用剩下的两匹马加上他那辆大车，换了辆带弹簧座椅的四轮马车。

众人都已疲惫不堪，唯独亨利·阿姆斯蒂还躁动不安。整个下午，阿姆斯蒂太太都坐在那辆破旧的大车上，身后拴着两匹瘦骨嶙峋、比野兔大不了多少的骡子。那大车破败得仿佛骡子一迈步就会立刻散架。亨利压根没把车赶到路边，就让它那么横在路中央。从亨利不管不顾买马的时候，她就那么呆坐着，对周遭的一切视若无睹。

这会儿亨利大步走到得克萨斯人跟前，声音嘶哑地说：“我是付的现钱买的马，可你让我干等到现在。该把我的马交出来了。”

得克萨斯人漫不经心地瞥了他一眼，那语气就像在饭桌上要杯咖啡般随意：“牵走吧。”

亨利不再瞪着得克萨斯人。他喉结滚动着，咽了口唾沫，双手紧紧抓住栅栏门。“你不来搭把手？”他哑着嗓子问。

“又不是我的马。”得克萨斯人耸耸肩。

亨利的目光变得空洞，仿佛在看又没在看任何人。“谁来帮我逮马？”他的声音在空旷的场院里回荡。没人应声。“把缰绳拿来。”亨利突然说。阿姆斯蒂太太默默从破旧的大车上爬下来，取来了缰绳。这时得克萨斯人从门柱上跳了下来，当女人拿着绳子经过时，他伸手拦住：

“太太，您最好别进去。”

亨利已经拉开栅栏门，头也不回地命令道：“过来。”

“太太，真的别进去。”得克萨斯人又劝道。

阿姆斯蒂太太却像没听见似的，双手紧攥着绳子贴在胸前，目光直直地望着前方：“我想我非进去不可。”

两人一前一后走进场院。马群立刻四散奔逃，亨利和阿姆斯蒂太太在后面追赶。

“把它赶到角落里！”亨利大喊。经过一番周折，他们终于将一匹马逼到角落。正当亨利要套缰绳时，阿姆斯蒂太太却无意间放跑了马。他们如法炮制，抓了第二次，可她又让马溜走了。亨利突然转身，扬起缰绳狠狠抽在她身上。“你成心的吧？”他怒吼着，绳子又一次落下，“到底想怎样？”就在这当口，我环顾四周，突然发现弗莱姆不知何时已经站在人群边缘，冷眼旁观着这一切。

这时总算有人出来主持公道了。别看那得克萨斯人块头大，动作却出奇的敏捷。亨利第三次举起绳子时，他一把就攥住了绳头。亨利猛地转身，眼里的怒火像是要把得克萨斯人烧穿，但终究没敢动手。得克萨斯人二话不说，拽着亨利的胳膊就往外走，阿姆斯蒂太太低着头跟在后面。走到场院外，得克萨斯人从兜里掏出些钞票，塞进阿姆斯蒂太太颤抖的手里。“带他回家吧。”得克萨斯人的语气轻松得像在谈论今天的晚饭，仿佛刚才什么都没发生过。

这时弗莱姆慢悠悠地踱了过来，嘴里嚼着口香糖，双手插在裤兜里，仿佛刚巧路过看热闹的闲人。

“贝克，你这是什么意思？”弗莱姆问道。

“这位先生以为自己买了匹矮脚马，”得克萨斯人耸耸肩，“夫人，带他走远些吧。”

可亨利像根木桩似的杵着不动。“把钱拿回去，”他固执地说，“马是我的，就算要打死它，我也认了。”

弗莱姆站在一旁，继续嚼着他的口香糖，冷眼旁观着这场闹剧。他那副事不关己的模样，仿佛眼前的一切都与他毫不相干。

“这马可不是你的，”得克萨斯人斩钉截铁地说，“夫人，快带他回去吧。”

就在这时，亨利突然注意到了弗莱姆的存在。“这些马跟你有关吧？”亨利猛地转向弗莱姆，“我可是付了钱的。”说着，他一把从妻子手里夺过钞票，硬塞到弗莱姆手里。“我买了匹马，不信你问他。钱在这儿！”

弗莱姆面无表情地接过钞票。得克萨斯人随手把从亨利那儿夺来的绳子扔在地上。他早就打发埃克·斯诺普斯的儿子去杂货铺再买一盒姜汁饼干。这会儿他掏出饼干盒往里瞅了瞅，发现已经空了，便随手把空盒子扔在尘土里。“斯诺普斯先生明天会把钱还给你，”得克萨斯人对阿姆斯蒂太太说，“你丈夫根本没买我的马。现在，带他回家吧。”

阿姆斯蒂太太默默走回那辆破旧的大车，爬了上去。“我那辆新换的四轮马车呢？”得克萨斯人突然想起这事，扬声问道。夕阳已经完全沉入地平线。小约翰太太走到旅店门廊下，摇响了晚餐铃，清脆的铃声在暮色中回荡。

四

我走进旅店用餐时，小约翰太太像只忙碌的蜜蜂般进进出出。每次端来一盘面包或菜肴后，她总要站在门廊下张望一会儿，再回来告诉我们外面的动静。得克萨斯人早已套好新换的四轮马车，和弗莱姆一道离开了。那些没准备绳索的人正跟着I.O.斯诺普斯去杂货铺采购。篱笆门前只剩下亨利·阿姆斯蒂和埃克·斯诺普斯父子。阿姆斯蒂太太依然坐在横亘在路中央的破旧大车上。“那些蠢货被马踢死多少都活该，”小约翰太太边摆餐具边说，“但我绝不能眼看着埃克再把孩子带进马场。”她说着便往院门走去，回来时却仍是独自一人——埃克父子都没跟来。

“用不着操心那孩子，”我插嘴道，“他准是有什么护身符。”想起昨晚的场景：当埃克帮忙喂马时，那孩子像条小尾巴似的紧跟在后。那么多烈马从他头顶飞跃而过，竟没伤着他半根汗毛。倒是埃克这个当爹的，一把将孩子拽上马车，抄起缰绳就狠狠教训了一顿。

夜深了，我正解开衬衫纽扣准备休息，盘算着明天要赶早去本德伦太太家推销缝纫机——那地方可比惠特里夫还要远上许多。就在这时，亨利·阿姆斯蒂独自推开了吱呀作响的篱笆门，径直闯进了马场……后来，埃克·斯诺普斯跟我描述当时的场景：他们怎么拦也拦不住亨利这头倔驴，他说什么也不肯等买绳子的人回来。埃克说，当亨利靠近马群时，那些马匹突然像炸了窝的马蜂般四散奔逃，马蹄几乎擦着亨利的头皮掠过。要不是埃克眼疾手快拽着儿子闪到一旁，父子俩差点儿就被踩成肉泥。受惊的马群如同决堤的洪水冲出大门，把路边拴着的车辆、牲口撞得七零八落。车辕断裂的咔嚓声、缰绳绷断的噼啪声此起彼伏。在这片混乱中，唯有阿姆斯蒂太太纹丝不动地坐在大路中央的破车里，活像一尊风化的石像。转眼间，受惊的牲畜拖着断裂的缰绳和树枝，像被飓风驱赶的落叶般沿着大路两头狂奔而去。

“爸爸！咱家那匹马！”埃克后来转述他儿子的惊呼时，声音都变了调，“它窜进小约翰太太的旅店啦！”据埃克描述，那匹疯马像赶着赴宴的宾客，三步并作两步跃上门廊台阶，一头扎进了屋内。

我当时正在客房里，身上套着皱巴巴的睡衣，一只袜子攥在手里，另一只还挂在脚踝上。外面突然爆发的骚动让我好奇地探出窗外张望。就在这时，走廊里传来咣当一声巨响——那架老风琴被撞得发出火车鸣笛般的哀号。还没等我反应过来，房门就像被狂风吹起的铁皮招牌，哐啷一声拍在了地上。我猛一回头，只见一个庞然大物堵在门口——那对铜铃般的眼珠子在昏暗的煤油灯下泛着凶光，好似田间吓唬鸟雀的破风车突然成了精。我连另一只袜子都顾不上穿，一个箭步就从窗户翻了出去，动作比看见蛇的青蛙还利索。

那匹野马八成也被我吓得不轻。它可能见识过带刺的铁丝网和玉米，但可以打赌它绝对没见过穿着睡衣的活人——还是个卖缝纫机的推销员。只见它猛地一个急转身，沿着走廊原路狂奔出去，正好撞见拿着绳索进门的埃克·斯诺普斯父子。这畜生又折返回来，像阵旋风似的穿过走廊往后门冲，不偏不倚碰上了刚收完衣服的小约翰太太。老太太左手抱着一大摞洗净的衣物，右手还拎着洗衣搓板。野马刚要刹住脚步转向，小约翰太太二话不说就抡起了搓板。

“滚远点儿，畜生！”她厉声喝道，搓板结结实实拍在马脸上，咔嚓一声断成两截，断口整齐得像木匠用刨子刨过。当惊马再次折返时，老太太抄起剩下的半块搓板又是一记——这次瞄准的可不是脑袋了。“在外头老实待着！”她呵斥道。

此刻埃克父子刚走到走廊中央。依我看，埃克八成也把那匹疯马当成了什么怪物。“艾德！快跑！”埃克扯着嗓子吼道。可惜为时已晚——埃克一个猛子扑倒在地，可那孩子却像根木桩似的杵在原地。

这小家伙身高不过三尺，穿着和埃克同款的工装裤。只见那匹疯马从他头顶一跃而过，连根头发丝都没碰着。这一切我看得真真切切，因为我正从前门台阶往上走——身上还套着那身可笑的睡衣，手里仍攥着只袜子。说来也巧，那匹马又折返到了门廊。它那双铜铃大眼和我四目相对的瞬间，像见了鬼似的立刻掉头就跑。只见它一个纵身越过栏杆，像只捕食的鹰隼般掠过场院篱笆，稳稳地落在院子里撒腿就跑。疯马冲出大门时，沿着月光照耀的大路接连跃过十辆翻倒的大车，绝尘而去。皎洁的满月高悬夜空，银辉洒在仍如木雕般呆坐在破车里的阿姆斯蒂太太身上，仿佛给这个被世人遗忘的身影镀了层寒霜。

那匹疯马丝毫未减速，仍以四十英里的时速冲向小河上的木桥。按说它能畅通无阻地冲过去，可偏偏碰上弗农·塔尔一家从城里归来——他们压根不知道拍卖马匹这档子事。全家人挤在火车式折叠椅上昏昏欲睡，连拉车的骡子也耷拉着脑袋打盹。马蹄刚踏上桥板，整座桥就剧烈震颤起来，把塔尔一家全惊醒了。后来塔尔描述，他睁眼就看见自家骡子正试图在窄桥中央掉头。紧接着，那匹花斑野马像只发狂的松鼠般冲进骡群，一跃跳上车辕。他只来得及抄起鞭杆朝马脸抽了一记——说时迟那时快，受惊的骡子已经在单行木桥上硬生生把大车转了个向。那匹疯马踩着骡背腾空而起，又落回桥面继续狂奔。而弗农则站在颠簸的大车里，发狠地朝马肚子猛踹。月光下，整座木桥发出不堪重负的呻吟，车轮在桥板上刮擦出刺耳的声响。

塔尔说，那些受惊的骡子竟然也跟着跳上了大车。他拼命想把它们赶下去，可缰绳偏偏死死缠住了他的手腕。接下来的场景就像一场荒诞的噩梦：翻倒的折叠椅、女人凌乱的裙摆、月光下晃眼的白色衬裙、自家发狂的骡子，还有那匹花斑野马如同鬼魅般在远处疾驰。骡子拖着他摔出大车，在粗糙的桥面上拖行了好一段，直到缰绳断裂才停下。塔尔太太和女眷们起初以为他断了气，全都跪在他身边，小心翼翼地拔除扎在他皮肉里的木刺。就在这时，埃克带着儿子气喘吁吁地赶到，手里还攥着那根没派上用场的绳子。“它往哪儿跑了？”埃克上气不接下气地问。

五

我跑回房间，匆忙套上长裤、衬衫，蹬上鞋袜，正好赶上帮忙把亨利·阿姆斯蒂从那片狼藉的场院抬出来。他的头颅无力地后仰着；惨白的月光映照着他龇出的牙和半露的眼白，像死了一样。我敢用性命担保，我说的每个字都是真的。远处依然回荡着杂沓的马蹄声——这些野马对这一带太过陌生，我估摸着最远的也不过跑出四五英里。时不时还能听见有人高喊：“嘿，拦住那些花斑马！”

我们抬着亨利进了小约翰太太家。她还呆立在走廊里，臂弯里那堆衣服都没来得及放下。一见我们进来，她立刻扔下裂成两半的洗衣板，抓起油灯，推开一间闲置的卧室门。“抬到这里来。”她指挥道。

我们七手八脚地把亨利抬进房间，安置在床上。小约翰太太将油灯搁在褪色的梳妆台上，发出一声轻响。“你们这些男人啊……”她摇着头叹息。我们巨大的影子在墙上随着动作鬼魅般晃动，房间里静得连呼吸声都清晰可闻。“得把他媳妇叫来。”小约翰太太抱起那堆衣物往外走时补了一句。

奎克搓着手附和：“确实该找他老婆来，谁去跑一趟？”

温德博顿立刻反问：“你怎么不去？”

德雷插嘴道：“让欧内斯特去，他就住隔壁。”欧内斯特没多话，转身出了门。

床上的亨利面色灰白，若不是胸口还有微弱起伏，简直与尸体无异。小约翰太太端着水壶和毛巾回来，用湿毛巾擦拭亨利的脸和手。这时阿姆斯蒂太太跟着欧内斯特进屋，默默站在床尾，粗糙的双手裹在脏围裙里绞紧，眼睛直勾勾盯着小约翰太太。

“你们这群男人别在这儿碍事，”小约翰太太不耐烦地挥手，“都给我出去！”她语气里带着讥讽，“外头有的是乐子，够你们再玩出几条人命的。”

“他断气了吗？”温德博顿压低声音问。

“没死成可不是托你的福，”小约翰太太头也不抬地回呛，“去把比利·凡纳叫来。要我说啊，人和骡子差不了多少——搞不好骡子还更机灵点儿。”

我们只得动身去找比利大叔。月光亮得刺眼，每隔一会儿就能听见四英里外传来的马蹄声和叫喊：“拦住它！快拦住！”野马到处都是，每座木桥上都传来雷鸣般的蹄声。人们此起彼伏地喊着：“那边！往那边跑了！快截住！”

我们刚离开没几步，屋里就传来亨利撕心裂肺的嚎叫。八成是小约翰太太那盆水把他救活了——总之这可怜虫算是捡回条命。我们继续摸黑往比利大叔家赶，到他家门口时发现整栋房子黑灯瞎火的。喊了好几嗓子，二楼的窗户才吱呀一声推开，比利大叔探出脑袋，那机警劲儿像树上的啄木鸟。“那帮兔崽子还在抓那些要命的野马吗？”他边问边往楼下跑，睡衣外头草草套着马裤，吊带晃晃荡荡地垂在腰间，手里还拎着那个破旧的药箱。他走路时脖子一伸一缩的，越发像只啄木鸟。“可不是嘛，先生们，”他嘴里叨叨着，“那帮人还在折腾呢。”

还没走到小约翰太太家，亨利痛苦地呻吟就钻进耳朵。那家伙“哎哟哎哟”叫唤个不停。我们一群人在院子里刹住脚步，只有比利大叔提着药箱进了屋。亨利的哀号混着远处桥上杂沓的马蹄声，还有此起彼伏的“拦住它！快拦住！”的喊叫，在黑夜里显得格外刺耳。

“埃克·斯诺普斯那小子该逮住他那匹野马了吧。”欧内斯特嘀咕道。

温德博顿说：“早该逮着了。”

屋里亨利的呻吟突然拔高成凄厉的惨叫，惊得我们齐刷刷打了个寒战。“比利大叔开始动手了。”奎克压低声音说。我们猫着腰凑近门廊，从门缝里漏出的昏黄的灯光在地板上淌成一道细线。

这时小约翰太太推门出来，围裙上沾着斑驳血渍。

“比利需要来个人搭把手，”她目光扫过人群，最后钉在欧内斯特身上，“就你吧。”欧内斯特咽了口唾沫钻进屋去。

“听见没？”奎克突然竖起耳朵，“四里桥那边！”远处闷雷般的马蹄声里，偶尔炸起一声“嗬——！”的吆喝。

亨利的惨叫又响起来：“哎哟喂——”温德博顿往墙上一靠：“好家伙，现在欧内斯特也掺和进去了。”

这时间还不算太晚。这倒是件好事——毕竟要逮住那些发了疯的牲口得花上一整夜，而亨利也得在床上嚎叫到天明。更别提比利大叔给亨利接骨时连麻药都没使，那凄厉的惨叫怕是能传到十英里外。弗莱姆这小子倒挺会挑时候，趁着天还没黑透就给大家找了这么档子事干。可你们猜怎么着？

没错，从头到尾连弗莱姆的影子都没见着。自打那个得克萨斯人离开后，这位就跟人间蒸发了一样。

六

那是个星期六的深夜。阿姆斯蒂太太熬到东方泛白才抽身回家——她得回去照看那群孩子。真不知道孩子们会怎么想爸妈的去向。幸亏大女儿已经十二岁，能当半个家，把弟弟妹妹照顾得妥妥帖帖。这丫头足足撑了两天，直到母亲回来。这些天阿姆斯蒂太太过得像陀螺——夜里守在亨利哼哼唧唧的病榻，白天就在小约翰太太的厨房里忙活，用劳力抵偿两口子的食宿。午后，她就赶着马车奔波四英里路回家，给孩子们张罗吃的。她总是炖上一大锅杂烩在灶上温着，大女儿则会仔细闩好门，照顾哭闹的弟妹。有天我经过厨房，听见小约翰太太正和阿姆斯蒂太太搭话：“孩子们这些天还过得去吗？”

“还凑合。”阿姆斯蒂太太应着。

小约翰太太往围裙上擦了擦手：“夜里几个孩子不害怕？”

“英娜·梅那丫头机灵着呢，”阿姆斯蒂太太声音闷闷的，“我出门前看她把门闩插得死死的，枕头底下还掖着劈柴的斧头。”

我毫不怀疑那几个孩子能照顾好自己，但阿姆斯蒂太太心里揣着别的事——她那双布满老茧的手每次停下活计时，眼睛总要往门口瞟。直到今儿个清早，终于有人在铁匠铺后头瞧见了弗莱姆的身影。那个满口黄牙的得克萨斯人说过，她的买马钱由弗莱姆代为保管。眼下她得找这个滑头讨回那笔救命钱。是啊，她等弗莱姆等得心都焦了。

清晨，我听见阿姆斯蒂太太在和小约翰太太聊天。“弗莱姆那滑头回来了，”小约翰太太开口道，“你该去讨那五块钱了。”小约翰太太手里正洗着碗碟，她像个男人一样粗手粗脚的，但那些碗碟在她手里仿佛不会被打碎似的。

阿姆斯蒂太太攥着抹布的手指节发白：“您觉得……他能给吗？”

“给个屁！”小约翰太太把碗碟摞得山响，水花溅到粗布围裙上，“不过你去问一下也没有什么坏处。”她突然放轻了力道，某个瓷盘在洗碗布里转了个圈，“当然啦，保不齐太阳打西边出来呢。”

阿姆斯蒂太太的叹息混进洗碗水的哗啦声里：“要不来钱的话，我去不去也没什么用处。”

“随你便，”小约翰太太把湿漉漉的盘子甩进碗柜，发出清脆的撞击声，“横竖是你的血汗钱。”

“您说……他真能把钱吐出来吗？”阿姆斯蒂太太的声音像绷紧的棉线，手指无意识地搓揉着围裙角，“那个得克萨斯人明明拍着胸脯保证，说斯诺普斯先生会把钱给我的。”

“那你就去要啊！”小约翰太太突然把一摞碗碟砸进洗碗池，溅起的水花打湿了灶台。

阿姆斯蒂太太像受惊的鹌鹑往后缩了缩：“他肯定不会给的……”

“成。”小约翰太太说，“那你就当这五块钱喂了狗。”

厨房里顿时响起锅碗瓢盆的交响曲，阿姆斯蒂太太一直在给小约翰太太帮忙：“您也觉得他要赖账是不是？”小约翰太太什么话也没说，听声音好像是正在摞盘子。

“要不……”阿姆斯蒂太太说，“我跟亨利商量一下再说？”

“换作是我，”小约翰太太把两个瓷盘撞得当当响，“早该让亨利知道这事儿。指不定他还能再拿这五块钱买匹马，下次兴许能碰上个痛快的主儿——一脚送他见阎王！”她突然把铁锅掼在灶台上，“早知如此，我宁可自己掏这五块钱！”

阿姆斯蒂太太的声音细若蚊蝇：“我还是先跟当家的商量商量……”话音未落，厨房里突然爆发出惊天动地的碎裂声——听那架势，小约翰太太准是把整摞盘子都砸向了铁炉。我实在听不下去，抬脚就往外走，身后还传来瓷片哗啦啦散落一地的声响。

这事发生在今天清晨。早饭前我去本德伦太太家转了一圈，本以为这场闹剧该收场了。结果我刚放下餐叉，就听见街上闹哄哄的，便溜达到了乔地·凡纳的杂货铺。铺子里，弗莱姆那家伙正大模大样地坐在老位置上削木头，活像这七八年压根没挪过屁股。I.O. 斯诺普斯杵在门口，穿着浆洗过的白衬衫，头发梳得油光水滑——活脱脱当年弗莱姆当伙计时的模样。说来也奇怪，斯诺普斯家这帮人长得跟一个模子刻出来的似的，可个个都咬死了说是堂兄弟。这不，弗莱姆、埃克和 I.O. 就一口咬定他们是“堂兄弟”。

门外墙根底下，埃克和他的儿子正蹲着啃干粮，从皱巴巴的纸袋里掏饼干和干酪。听说这老兄逮住马后就再没着过家。更绝的是朗·奎克，直接驾着大车带着铺盖卷追进了山姆森林。说到埃克逮马那出戏可有意思了。那匹蠢马跑进了弗里曼村的死胡同，埃克父子俩在巷子口拉了根离地三尺高的麻绳。马跑到头折返时，埃克说那畜生压根没瞧见绳子，活像圣诞节卖的纸风车似的转着圈儿就跑回来了。“这马总算消停了？”我随口问道。

埃克用折叠刀戳起一块干酪塞进嘴里，边嚼边说：“可不就老实了，就尥了几下蹶子。”

“尥蹶子？”我追问。

“它脖子折了。”他满不在乎地说。

五六个闲汉蹲在墙根底下，你一言我一语地揣测弗莱姆到底从这桩买卖里捞了多少油水。最后我实在忍不住，径直走到那个还在削木头的家伙跟前：“弗莱姆，你小子把我们全镇人都耍得团团转，这本事可真叫人佩服。给咱们交个底吧——你跟那个得克萨斯人倒腾这些马，到底挣到了多少钱？横竖这儿就埃克一个冤大头拿到了马，其他买主这会儿还在野地里逮马呢。”我朝墙根努努嘴，“埃克可是你亲堂弟，听说你发了横财，他脸上也有光不是？”

弗莱姆低着头专心削手里的木棍，仿佛突然对木工活计产生了莫大的兴趣。杂货铺门廊里静得出奇，连木屑落地的声音都清晰可闻。I.O. 原本在门框上蹭背，这会儿突然定住了，活像嗅到猎物气味的猎犬，眼睛直勾勾地盯着弗莱姆。弗莱姆不紧不慢地把木棍上最后一根毛刺削干净，朝门外土路上“呸”地吐了口唾沫：“那些马跟我没关系。”

I.O. 顿时发出母鸡下蛋般的咯咯笑声，巴掌把膝盖拍得啪啪响：“省省吧你们！就凭你们还想跟弗莱姆耍心眼儿？”

就在这时，我眼角瞥见阿姆斯蒂太太从小约翰太太家出来，正沿着土路往这边走。我假装没瞧见，故意提高嗓门：“这世道啊，做买卖要是自个儿不长心眼儿，可怨不得别人占便宜。”弗莱姆头也不抬，手里的折刀还在木棍上沙沙地刮着，显然没注意到越走越近的阿姆斯蒂太太。“就拿亨利·阿姆斯蒂来说吧，”我朝地上啐了口唾沫，“他那样的糊涂蛋栽跟头，能怪得了谁？”

“可不是嘛！”I.O. 接茬道，他背对着马路，完全没发现阿姆斯蒂太太已经走到听得清说话的距离，“亨利那蠢货天生就是个榆木脑袋。就算弗莱姆不赚他的钱，这钱迟早也得被别人骗走。”

我们把目光齐刷刷地投向弗莱姆，阿姆斯蒂太太的脚步声由远及近，踩得路上的砂砾咯吱作响。

“不过话说回来，”我突然提高声调，“亨利压根就没买过马啊。”整个杂货铺顿时静得吓人，怕是火柴掉在地上都能听见响动。“那个得克萨斯人明明答应让阿姆斯蒂太太来找弗莱姆取钱的。”我故意盯着弗莱姆的侧脸，“我估摸着弗莱姆早就把钱送到小约翰太太家了吧？”

I.O. 突然停止了在门框上蹭背的动作，只见弗莱姆慢悠悠抬起头，朝门外啐了一口浓痰。这当口 I.O. 突然爆发出一阵母鸡下蛋般的笑声：“瞧瞧咱们弗莱姆，真是个猜不透的闷葫芦！”

阿姆斯蒂太太的脚步越来越近。我嘴里不停地说着凡纳要告弗莱姆的事，眼睛却死死盯着弗莱姆拿折叠刀的手，看他会不会抬头。可那家伙就跟聋了似的，只顾着削他那根破木棍，除了先前那句“马不是他的”，再没蹦出半个字。

I.O. 东张西望，突然像被蛇咬了似的浑身一激灵：“见鬼！”他压低嗓子嚷道。弗莱姆这才慢悠悠抬起眼皮。“那娘儿们找上门来了，”I.O. 急得直搓手，“你快从后头溜吧。我就说你今天进城去了。”

弗莱姆却纹丝不动，依旧稳如泰山地削着他的木棍。我们屏住呼吸，看着阿姆斯蒂太太拖着那双吱呀作响的网球鞋走上台阶。她还是戴着那顶褪了色的破草帽，裹着晨袍，活像个移动的破布口袋。她在门廊中央站定，双臂紧紧抱在胸前，谁也没有看。

“那个得克萨斯人周六说过，”她的声音干巴巴的，“说亨利没买成马。他让我来找你要钱。”

弗莱姆手里的折叠刀顿了顿，削下一片薄如蝉翼的木屑，动作精准得像在表演。“他把钱都卷走了。”他头也不抬地说。

整个门廊里没人敢和阿姆斯蒂太太对视。只有埃克家的小儿子，嘴里塞着半块饼干，傻乎乎地瞪着她瞧，咀嚼的声音在寂静中格外刺耳。

“他自己说的，亨利没有买过马，是他让我来找你要钱的。”阿姆斯蒂太太说。

弗莱姆手里的折叠刀在木棍上划出细碎的声响。“八成是他忘了这茬，”他眼皮都不抬一下，“礼拜六他就揣着钱溜了。”I.O. 像条癞皮狗似的又开始在门框上磨蹭后背，时不时舔舔发干的嘴唇。

阿姆斯蒂太太突然望向那条通往山岗墓地的大路，目光黏在尘土飞扬的土路上挪不开。埃克家的小子鼓着腮帮子，直勾勾盯着她发愣。I.O. 的破衬衫在粗糙的门框上沙沙地蹭着。

“该回去做饭了。”她终于挪动脚步往台阶下走，声音轻得像飘落的木屑。

“亨利今天好些了吗？”温德博顿突然开口。

阿姆斯蒂太太顿了顿，转过那张疲惫的脸：“他这会儿还在睡着呢，劳您记挂。”

弗莱姆突然推开椅子站起身，木椅腿在木地板上刮出刺耳的声响。他随手把折叠刀往柜台上一扔，朝门外啐了一口。“慢着，阿姆斯蒂太太。”他粗声粗气地喊道。女人像被施了定身术般僵在原地，却始终不肯转头看他。弗莱姆大步走进店铺深处，I.O. 顿时伸长脖子，朝弗莱姆看去。阿姆斯蒂太太木然地站着，枯瘦的手指在旧衣服里绞成一团。

这时一辆运货马车吱吱呀呀地经过店门口，扬起一片尘土——是弗里曼赶车进城去。弗莱姆的身影从货架间晃出来，手里捏着个皱巴巴的条纹糖袋，就是乔地·凡纳平时装糖果的那种。我敢用最后一块钱打赌，这混账肯定还欠着乔地的糖果钱没还。他把糖袋往阿姆斯蒂太太手里一塞，动作僵硬得像往树洞里塞东西，又扭头朝门外啐了一口。“给孩子甜甜嘴。”

“谢谢您的好心。”阿姆斯蒂太太的声音轻得像风吹破布，枯瘦的手指攥紧那个糖袋，眼睛却没有看着谁。埃克家的小子张着嘴，半块饼干渣从指间掉下来，眼珠子黏在那鼓囊囊的条纹口袋上。只见阿姆斯蒂太太机械地把糖袋塞进围裙兜里。

“我该回去帮着做饭了。”她转身时，弗莱姆突然“呸”地朝门外吐痰，那口浓痰擦着她的衣角飞过，可她连脚步都没顿一下。褪色的衣裳和草帽融成一片灰黄，走路的姿势活像根被洪水冲着的枯树枝——僵直、笨拙，随着土路的起伏机械地挪动。我们目送那团灰影飘进小约翰太太的院门，直到完全消失。弗莱姆的折叠刀又开始在木棍上沙沙作响，I.O. 突然爆发出一阵母鸡打鸣般的笑声，后背在门框上蹭得吱嘎作响。

I.O. 像只得意忘形的公鸡，拍打着膝盖嚷嚷：“省省吧你们！就你们这几块料还想跟弗莱姆斗？”他笑得浑身发颤，“他可算是个人物，难道不是吗？”

他要不算号人物，我愿意把脑袋拧下来当球踢。想想看，要是我弄来一帮花斑马卖给街坊四邻、七大姑八大姨，他们准得用拴马绳把我吊在镇口的榆树上，不把我大卸八块才怪呢，老天做证。

傻大个儿（节选）

一周前，曼妮还亲手为他洗过那条发白的旧工装裤。此刻，他木然地立在坟前，第一抔土砸在松木棺上的闷响传入耳中。这个身高近两米、体重逾百公斤的壮汉突然抄起铁锨——那巨型工具在他蒲扇般的大手里像孩童的塑料沙铲。只见他臂膀一抡，半立方尺的泥土便如扬沙般轻巧地抛了出去。锯木厂的同组工友试图接过铁锨："让我来吧，赖德。"他却充耳不闻，反手一搡，结实的肘关节将对方撞得踉跄后退。暴怒赋予他诡异的力量，飞扬的土块仿佛自动聚成坟茔。不消片刻，这座新坟就与荒地上那些用碎陶罐、破酒瓶标记的旧冢再无二致——这些看似杂乱的标记实则暗含玄机，是白人永远参不透的生命密码。当最后一锨土震颤着插在坟头时，他猛然转身。围观的老人们看着他长大，也见证了他妻子的诞生。人群中颤巍巍伸出一只枯手，是他记事前就抚养他的老姨妈。

老太太一把拽住他的胳膊，声音沙哑地问："你要去哪儿？"

"回去。"他头也不回地答道，嗓音低沉得像闷雷。

"别一个人回那空屋子！"她说，"跟我走，好歹吃点儿东西。"

"回去。"他仍是这两个字，手臂一振，像甩开一根稻草般挣脱了她。工人们——那些平时听他指挥的汉子们——无声地让开一条道。

可还没等他走到围栏边，身后便传来急促的脚步声。不用回头，他也知道是谁——准是哪个工友受老太太的差遣，又来拦他。

“慢着，赖德，”那工人赶上几步，压低声音道，“林子里还埋着一坛没启封的烈酒——”话刚出口，他忽然说了句自己都没想到的话。这本是人人心里都明白却不愿点破的事——逝者的灵魂总要在人间徘徊些时日，肉身虽入了土，魂魄却不肯或未能离去。至于那些说什么亡者走得痛快、毫无留恋，是奔着天堂荣光而去的漂亮话，还是留给牧师反反复复念叨吧。“这会儿别急着走，”工人喉结滚动了下，“她……还睁着眼呢。”

他脚步丝毫未停，只垂下充血的眼角扫了来人一眼，那张仰起的脸在暮色中像块生铁。“甭管我，阿西，”他喉咙里传出低沉的声音，“眼下谁都别来招我。”说罢继续迈着均匀的大步前进，一个纵身就越过三道铁丝绞成的围栏。土路在他脚下延伸，穿过幽暗的树林。当他再度现身时，暮色已浓，那道篱笆在他的长腿下形同虚设，小巷静卧在八月干燥的灰白尘埃里。这安息日的黄昏，巷子出奇的空旷——没有赶教堂归来的篷车，没有马背上的乡邻，自然也没人同他搭话，或在他经过时装作不经意地偷瞄。浮尘轻如粉末，覆盖了整周的车辙马蹄印，只剩下周末闲散的足迹。但在这些新痕之下，凉丝丝的沙土里，仍顽固地嵌着他妻子张开的赤足印记——每周六他沐浴时，她总要步行去杂货铺采买家用。他的大脚印与她的交错着，步伐快得近乎一个小个子小跑的速度，胸膛劈开她曾呼吸的空气，目光掠过她再也看不见的电线杆、橡树、玉米地和起伏的丘陵。

巷尾那栋孤零零的木屋并非他的产业，而是向白人地主卡洛瑟斯·爱德蒙兹租来的。尽管才住了半年，这个壮汉已亲手翻新了前廊地板，重铺了厨房顶棚——每个周末，妻子总在旁边打下手。他还添置了铁皮炉子，毕竟锯木厂组长的工钱足够丰厚。从少年时代起，他就与木材打交道，如今二十四岁的筋肉里蓄着惊人的力量：常独自扛起需要两个工人用铁钩才能搬运的原木，他带领的小组每日运送的木材总比别组多出三分之一。曾经的他根本不在乎钱财，粗布工装一穿就是大半年，姨妈家的饭桌永远为他敞开——每周硬塞给老人两块钱还总被塞回兜里。骰子在周末的尘土里跳跃，威士忌在喉头燃烧，这样的日子持续到某个清晨，他突然注意到从小一起长大的曼妮。“该收心了。”这个念头闪过的六个月后，他们就在爱德蒙兹的佃户屋里点起了炉火。据说老佃户路喀斯·布钱普在四十五年前的新婚夜点燃的炉火至今未灭，现在轮到他来延续这个传统。每个黎明，他都在油灯的光晕里套上浆洗挺括的衬衫，徒步四英里赶往锯木厂。待暮色吞没最后一缕阳光，他的身影总会准时出现在小巷尽头。唯独周六不同——正午的钟声未散，他蒲扇般的巴掌便拍响门廊檐板，银币如雪崩般倾泻在厨房餐桌上。灶上的腌肉滋滋作响，井水镇着的牛奶结着冰珠，面粉袋缝成的毛巾散发着阳光的味道。曼妮数完钞票便挎上篮子出门，半英里外的小铺里有面粉、糖和咖啡豆在等着她，余钱则锁进爱德蒙兹的保险箱。归途的尘土还没落定，玉米面包的香气已混着新烤蛋糕的甜腻，在铁皮炉子烘暖的厨房里弥漫开来。

而此时，当他的手掌触到院门时，一种前所未有的空洞感突然攫住了他。这栋屋子从来就不真正属于他，那些他亲手铺就的地板、钉牢的木瓦，连同炉灶和婚床，都化作了别人记忆里的碎片。他像个梦游者般在半开的栅栏前猛然顿住，喃喃自语：“我来这儿做什么？”话音未落，阴影里浮出那条被他遗忘的猎犬——自昨夜破晓时的哀嚎后便消失无踪的混血獒犬。婚后满月那天他对曼妮说过：“得养条大狗。要不一整天，有时候连着几星期，这屋里就你一个人守着。”那条狗像团雾气般从门廊下飘来，沉默地将头颅抵在他膝边，仿佛这些时日正是它用某种古老的咒语维系着这座空壳。直到他的指尖触到犬耳，木屋才突然有了实体，厚重得几乎令他窒息。“总得吃饭，”他嗓音沙哑，“你我都得吃。”他向前迈步，却发现猎犬钉在原地不动。“来啊！”他回头喝道，“怕什么？她疼你不比疼我少。”他们终于踏上台阶，穿过门廊，撞进那间被暮色浸透的屋子——六个月的婚姻像是被压缩成一粒沙，硌得他胸口生疼。本该燃烧到白首的炉火早已冷透，只剩一堆轻飘飘的灰烬。恍惚间他又看见她蹲在壁炉前的背影，修长的手指挡着火星，另一只手握着煎锅的长柄。夕阳最后一抹余晖在他起伏的胸膛前消逝，那颗心脏依然以伐木工特有的节奏跳动着，既不会因狂奔而加速，也不会因静立而减缓。

猎犬突然从他腿边抽身离去。那股温暖的压迫感骤然从大腿那里消失，只余下爪子在木地板上慌乱的抓挠声。起初他以为它要逃走，可它却在院门外停住，仰头对天发出凄厉的长嚎——就在这时，他看见了厨房门框里立着的她。他像被钉在原地，连呼吸都凝固了。等到确信自己的声音不会颤抖，面部肌肉不会扭曲，才轻轻唤道：“曼妮。”每个字都像从胸腔深处挤出来的，“没事，我不怕。”他试探着迈出一步，双手垂在身侧，可第二步刚抬起，她的轮廓就开始溶解。他立刻僵住，屏住呼吸，用意志力命令影像凝固——但无济于事。她的消散在加速，像被风吹散的炊烟。“等等。”他吐出这辈子对女人说过的最温柔的絮语，“带我一起走，亲爱的。”可那道横亘其间的无形屏障，比他扛过的最重的原木还要沉，比支撑他魁梧身躯的筋骨还要硬。此刻他终于亲眼见证，也明白了面对猝死的暴虐，年轻血肉里求生的意志能迸发出何等惊人的力量。

她忽然消失了。他走到她刚才站立过的门边，径直朝炉灶走去。屋里没点灯，他也不需要光亮。这炉子是他亲手安装的，连放碗碟的架子都是他钉的。此刻他在昏暗中摸出两个盘子，从冷灶台上搁着的铁锅里舀了些隔夜的食物——那是姨妈昨天送来的，他依稀记得自己吃过，却想不起具体时间，更记不清咽下的是什么。他将两个盛满食物的盘子端到窗前，摆在粗糙的白木桌上。窗外的天光正在消逝。他拖出两把椅子，静坐着调整呼吸，直到确信自己的声音不会颤抖。“过来，”他哑着嗓子喊道，“吃饭了。我也没别的——”话音戛然而止。他盯着自己盘中凝结的豌豆，胸口剧烈起伏。约莫半分钟后，他舀起一勺冷硬的豆子送入口中。那些冻僵的豆粒竟像有生命般从唇边弹开，连口腔的温热都化不开这团死气沉沉的食物。随着勺子与瓷盘碰撞的脆响，他猛然推开椅子。下颌肌肉不受控制地痉挛着，迫使他的嘴越张越大，整个头颅都向后仰去。就在呕吐感涌上喉头的瞬间，他硬生生压下了这股冲动，迅速将盘中食物拨到另一个盘子里，端着它穿过房间，放在门前台阶的最底层，随后大步走向院门。

起初，那条狗并不在。但还没等他走出半英里，它就追了上来。月光渐渐爬上天际，将他和狗的影子撕成碎片，斑驳地掠过灌木丛，或是长长地、清晰地投在荒废的田埂和牧场的斜坡上。他走得极快，仿佛一匹疾驰的马踏过这片土地。每当远处有灯火闪烁，他便微微调整方向，而那条狗始终寸步不离地跟在他脚边。月亮越升越高，影子越缩越短，直到他们几乎踩在自己的影子上。最后一点灯火也熄灭了，影子又开始向相反的方向延伸。狗依然紧跟着他，即使一只野兔突然从脚边窜出，它也没有分心。天光渐亮时，它挨着他卧倒的身躯躺下，贴着他剧烈起伏的胸膛。他的鼾声刺耳而响亮，不像痛苦的呻吟，倒像是一个筋疲力尽的角斗士在搏斗后的沉重喘息。

他赶到锯木厂时，厂区空荡荡的，只有一个老锅炉工正从木料堆旁直起身子。老人默不作声地望着他大步穿过空地，那架势活像要一口气冲过锅炉房，甚至直接撞穿锅炉似的。原本干净的工装裤沾满泥污，裤腿被晨露浸得发黑，皱巴巴地垂到膝盖。那顶布帽歪戴着，帽檐压住耳朵，露出他布满血丝的眼睛里躁动不安的神情。“你饭盒呢？”他就问。没等对方答话，他已经一个箭步冲过去，从木柱钉子上拽下那个锃亮的猪油桶改装的饭盒。“我就吃块饼。”他嘟囔着。

“全拿去。”锅炉工说，“晌午我蹭别人的。你吃完赶紧回去歇着——你的脸色看起来太不好。”

他往地上一蹲，后背抵着木柱，用膝盖夹住揭开的饭盒，瓮声瓮气地说：“我来这儿可不是让人看脸色的。”手指抓起食物就往嘴里塞——还是那些冰凉的豌豆，掺着礼拜天剩下的炸鸡块、今早煎得又硬又咸的肥腌肉，还有块大得能盖住婴儿脑袋的玉米饼。这些乱七八糟的东西混在一起，嚼在嘴里什么滋味都没有。这时上工的工人陆续到了，锅炉棚外响起杂乱的脚步声和说笑声。没过多久，白人工头骑着马踏进空地。蹲着的赖德始终没抬头，把刮得精光的饭盒往旁边一撂，猛地站起来，谁也不看，径直走到溪边放倒身子，把脸埋进水里，像头牲口似的呼哧呼哧狂饮起来。那喝水的架势和他打鼾时一个样，又深又重，带着股蛮劲，就像昨天黄昏在那间空屋子里拼命喘气的模样。

没过多久，一辆辆卡车引擎陆续轰鸣起来，排气管喷吐着短促的爆响，锯片发出尖锐的嘶鸣。一辆接一辆的卡车倒向装卸台，他敏捷地跃上车厢，在堆叠的原木间稳住身形。铁锤敲击楔木的脆响，铁链哗啦松开的动静，接着便是他挥舞铁钩的飒飒声——柏木、橡木、胶树木被逐一拖向斜坡。每当两根原木轰然滚落，就会在坡道上引发一阵绵延的震颤，工人们此起彼伏的吆喝声像楔子般嵌进这持续的木浪轰鸣里。衣服上晨露蒸发的痕迹很快被汗水取代。号子声在工友间传递，却始终绕开他。他依然如往日般沉默，此刻更是高出众人一头，赤裸的上身泛着钢蓝色的油光，紧绷的肌肉在阳光下如同淬火的铸铁。工装裤背带在身后胡乱打着结，唯有脖子上系着的汗巾和紧扣在右耳的布帽还算衣着。正午哨声响起时，他朝台下的两个同伴低吼：“闪开点。”话音未落，他已踩着开始滚动的原木腾挪而起，在雷鸣般的轰响中保持着危险的平衡。

树荫下，他的姨父已守候多时。老人身高与他相仿，体形却单薄得多，甚至有些佝偻。一手提着铁皮饭盒，一手端着盖紧的盘子，他们避开其他正在用餐的工人，独自坐在溪边的阴凉处。饭盒里是用水果罐盛着的脱脂奶，外面细心地裹着湿麻布。盘中的桃子馅饼还冒着热气。“她今早特意给你烤的，”老人轻声说，“要你今晚去家里。”他没有应答，只是弓着背，手肘撑在膝盖上，抓起馅饼就往嘴里塞。甜腻的果酱糊满了他的脸颊，顺着下巴滴落。他机械地咀嚼着，布满血丝的眼睛不停地眨动。

“昨晚去你家没找着人。是你姨妈让我来的。她留了整夜的灯……”

“我没事。”

“别逞强了。老天爷要收走的，谁也留不住。你得学会认命。你姨妈会照应你的。”老人叹息道。

“为什么要信？”他说，“曼妮哪点得罪他了？他凭啥插手我们的事……”

“住口！”老人惊慌地打断，“这种话万万说不得！”

卡车的轰鸣再次撕裂空气。此刻他无需再为自己粗重的喘息寻找借口，在持续的原木滚动声中，连他自己都听不见呼吸的动静。但就在他以为已将这事抛诸脑后时，那股窒息的压迫感又回来了。他没有像往常那样将最后一根原木推向卸板，而是突然直起身，像丢弃一根燃尽的火柴般扔掉铁钩。趁着上一根原木滚落的余音未散，他纵身跃入两块卸板之间，直面那根仍躺在卡车上的粗壮原木。工地上突然陷入诡异的寂静，只有卡车排气管的突突声和电锯的空转声在回荡。所有人都屏住呼吸，连白人工头都瞪大了眼睛。只见他用肘部将原木顶到车沿，蹲下时手掌稳稳托住原木底部。那一刻，时间仿佛凝固——这个血肉之躯似乎被木头的惰性所感染，陷入了某种恍惚状态。“他抬起来了……”有人轻声说道。人们看见他的双腿以几乎难以察觉的速度缓缓伸直，膝盖渐渐并拢。随着他腹部收缩、胸膛挺起，脖子上暴突的青筋像老树的根系，那棵原木开始违背重力的规则，缓缓地上升。他紧咬的牙关间露出森白的牙齿，上唇扭曲地翻起，头颅后仰，唯有那双充血的眼睛依然死寂。当原木最终高过头顶时，那个声音又响起：“可他没力气转身了……要是现在放下，木头会要他的命。”但没人敢上前。突然——看不出丝毫征兆——那原木仿佛有了生命般从他头顶弹开，旋转着轰然滚下卸板。他转身一步跨过滑道，穿过自动分开的人群，径直朝树林走去。工头的呼喊声追着他：“赖德！喂，赖德！”

暮色四合时，他带着那条狗来到河畔沼泽。那里是林间的一处空地，立着间半是木板半是帆布拼凑的窝棚。一个蓬须杂乱的白人倚在门框上，冷眼瞧着他走近。门边斜靠着一杆猎枪，枪管在夕阳下泛着冷光。

他摊开手掌，四枚银元在掌心闪着微光。

“要整坛。”他哑着嗓子说。

“整坛？”白人嗤笑一声，黄牙间喷出烟臭，“你说梦话呢？今儿才礼拜一。你们那伐木场不是正在赶工吗？”

“我不干了。”他声音嘶哑，像砂纸摩擦树皮，“酒拿来。”他木然站立，空洞的目光越过白人的肩膀投向虚无，脖颈青筋暴起，头颅微微后仰。充血的眼睑快速颤动，仿佛在拍打看不见的飞虫。他转身时，酒坛悬在中指上晃荡，陶器碰撞大腿发出闷响。白人突然死死盯住他的眼睛——那对今早还燃烧着焦灼火焰的眼珠，此刻竟像蒙了层雾气的玻璃球，连眼白都消失了。

“等等！”白人厉声喝道，嗓音陡然尖锐，“把坛子还我！你喝不完一加仑！给你一品脱，拿了赶紧滚，别再……”

他胳膊一抡，像挥开挡路的树枝般将白人搡开。酒坛稳稳地藏在他身后的阴影里。“听好了，白人，”他说，“这酒是我的了。钱你可收好了。”

白人咒骂了一声，脸涨成猪肝色，“钱拿回去！把坛子放下，大个子！”

“酒归我了。”他语调出奇的平和，黝黑的面容如死水般平静，唯有那双泛红的眼睛在不停颤动，像是被风拨弄的炭火，“钱货两清。”他转身背对那杆猎枪和骂骂咧咧的白人，大步穿过空地。芦苇丛中的小径上，那条狗正安静等候。暮色中的芦苇墙泛着病态的金黄，密不透风地挤压过来，比自家破屋的墙壁更令人窒息。但这次他没有加快脚步逃离，反而驻足举起酒坛，拔掉散发着劣质酒气的玉米芯塞子。喉结剧烈滚动，冰凉的烈酒如刀割般滑入喉咙，他却像吞咽河水般毫无知觉。直到放下酒坛换气时,酒精的灼热才突然从胃里炸开。“哈！”他对着渐暗的芦苇丛咧开嘴,牙齿在暮色中闪着寒光,“来呀,试试看。我这儿可有让你趴下的好东西。”

他猛然从沼泽地令人窒息的黑暗中挣脱出来，月光像一盆冷水浇在他身上。他仰头痛饮时，那斜长的身影和举起的酒坛影子如同两柄利剑刺向远方。几口冰凉的空气灌入胸腔后，他对着酒坛狞笑：“该你露两手了。老说我不如你。今儿个让我开开眼。”烈酒像条冰蛇钻进喉咙，却在胃里燃起熊熊大火。这冰火交加的洪流冲刷着他的肺叶，让那些窒息的肺泡突然舒展开来，就像他灵活的身躯终于挣脱了银色空气的桎梏。此刻他浑身轻快，大步流星的影子与小狗的影子如同两片乌云掠过山坡。当静止的身躯和酒坛投下斜影时，他瞥见山坡下那个佝偻的身影——姨父正颤巍巍地往山上爬，像只精疲力竭的老甲虫。

“锯木厂里的人说你跑了，”老人喘着粗气，枯瘦的手指揪住胸口，“我晓得去哪儿逮你。回去吧，孩子。酒解不了你的苦。”

“它可解大苦了，”他晃着酒坛，液体在陶罐里发出空洞的回响，“我现在百毒不侵，连蛇毒都奈何不了我。”月光在他睫毛上凝成霜，酒气随着话语喷溅。

“好歹去看看她吧。就让她瞧你一眼……”可赖德已经迈开步子，鞋底碾碎地上的月光。老人嘶哑地呼喊着追上来：“等等！”

“您追不上我喽。”他对着夜风呢喃，胸膛撞开凝滞的银色雾霭。气流开始在他耳畔呼啸，如同策马奔腾时掠过的疾风。老人孱弱的嗓音很快被夜色吞没，他和狗的剪影轻捷地滑过山丘，每一次呼吸都变得深长而顺畅——冷风终于浇灭了那些在他肺里燃烧的火星。

他再次仰头痛饮，却惊觉喉咙里灌不进半点儿酒液。吞咽的动作只让喉管里卡着根冰凉的硬柱，吐不出来，也咽不下去。突然，那银亮的酒柱从他口中整个滑出，在月光下碎成闪光的珠子，滚入沾满夜露的草丛。他不信邪地又灌了一口，结果两行冰凉的酒涎顺着嘴角溢出，第二条完整的酒柱再次从唇间蹦出，像条活鱼般在月光下扭动。他大口喘着气，把酒坛举到眼前嘟囔：“好家伙，咱们较上劲了？等你肯老实了，我再放过你。”第三口酒刚灌下去，闪亮的酒柱又从他嘴里弹射而出。他弓着腰喘息，直到冰冷的空气重新灌进肺里。塞好玉米芯塞子后，他摇摇晃晃站直，眨着刺痛的眼睛。那孤独的影子斜斜爬过山岗，最终消融在无边的夜色中。“好，”他对着空酒坛点头，“算我看走眼。你这玩意儿……还真管用。”酒坛从他指间滑落，在草地上滚了半圈，“我现在……用不着你了。”

他穿过熟悉的牧场，月光下的沙沟像一道裂开的黑色伤口。童年时他总在这儿翻捡破铜烂铁——生锈的马蹄铁、断裂的车链，偶尔还能挖出一只车轮。菜园子的轮廓在黑暗中浮现，往年春天，他总在这儿锄草，姨妈的脸总贴在厨房窗玻璃上盯着他。再往前是那片寸草不生的硬土院坝，他婴儿时期曾在那儿摸爬打滚。当他跨进门槛，油灯的光圈像套索般突然勒住他。他在门框边僵住，脖颈后仰如同盲人，酒坛不知何时再次吊在他弯曲的手指上，蹭着裤腿发出细微的摩擦声。“阿历克姨父说您要见我。”他说。

“是要你回家！”姨妈从摇椅里弹起来，枯瘦的手指抓住他的胳膊，像昨天在坟地时那样。他手臂的肌肉再次绷成铁块。“太阳没落山你就从锯木厂跑了，阿历克一说我就全明白了。灌黄汤能顶什么用？”

“顶大用了。”他眼球上翻，露出蛛网般的血丝，“我现在好得很。”

“别对我撒谎，”老太太说，“你这辈子没骗过我，现在也别想跟我撒谎。”

他忽然泄了气，声音从剧烈起伏的胸膛里平缓地渗出来，仿佛在谈论别人的事。这憋闷的屋子很快就要待不住了，但此刻他还能再撑几句。

“是不管用，”他盯着门框上经年累月积下的油垢，“那破酒。”

“它管用过吗？能管用吗？除了老天爷，谁能救你？你倒是张嘴求啊！把苦水倒给他听啊！”

他咧开嘴笑了，“他要真的有用，还用得着我汇报？我就杵在这儿，劳驾他显个灵？”

“跪下来求啊！”她嘶哑的嗓音在屋里炸开。可他的膝盖像焊死的铁轴，唯有脚底板死死钉在地板上。背后传来老太太趿拉着布鞋的脚步声，紧接着院门被撞得哐当响——“斑点儿！斑点儿！”这乳名割开斑驳的月色追上来，像把生锈的钩子，突然拽出那个还没跟伐木工们一起干活的毛头小子。直到遇见曼妮那天，他才说：“这日子我过够了。”从那天起，再没人喊他“斑点儿”，大伙儿都管他叫赖德。

他跌跌撞撞闯进锯木厂时，子夜才过了一半。那条狗不知何时消失了——他混沌的脑子里闪过几个碎片：似乎自己抡起酒坛砸向它？可低头一看，发黑的陶罐仍攥在手里，残酒在罐底晃荡。每灌一口，冰凉的液体就从嘴角溢出，在衬衫前襟画出两道蜿蜒的小溪。后来他索性不喝了，可那寡淡的酒液仍在体内翻涌，像口深井般吸走他全部体温。“胡扯，”他对着生锈的锯片嘟囔，“我才不会拿东西砸狗。顶多……踹两脚，那也不是成心的。”

月光把堆积如山的木材染成惨白的金色，他摇摇晃晃地站在空地上，手里还攥着那个酒坛。现在没什么能阻挡他的影子了——他正正地踩在上面，就像昨晚那样。他眯起充血的眼睛，看着那些等待黎明的木材堆、卸货台和原木，还有在月光下白得瘆人的锅炉房。突然，他感觉好受了些，又踉踉跄跄地往前走。走几步又停下，举起酒坛往喉咙里灌。那液体冰凉刺骨，流得太快，尝不出味道，也分不清是喝进去了还是洒出来了。不过现在这些都不重要了。再走几步，酒坛不知什么时候从手里消失了，也不知道丢在了哪里。他穿过空地，机械地经过锅炉房，绕过环锯静止的锯齿，来到工具间门前。门缝里漏出一线灯光，里面人影晃动，传来低语声和骰子在木板上滚动的闷响。他抡起拳头砸向上了闩的木门，声音嘶哑地喊道："开门！我被蛇咬了，活不成了！"

他踉跄着撞进工具房，几张熟悉的面孔在煤油灯下忽明忽暗——三个装卸工、四个锯木工，还有那个屁股后头别着左轮的白人监工，正守着地板上那堆皱巴巴的钞票和硬币。所有人都蹲着，只有他像根歪斜的电线杆杵在那儿，眼皮像坏掉的百叶窗一开一合。当白人监工抬头瞪他时，他扭曲的脸硬是挤出一个瘆人的笑。

"给我让个座儿啊。"他舌头打着结，"我被毒蛇咬过了，不过再来点儿毒我也没事。"

"醉成这德行，"白人监工说，"你们几个赶紧把这摊烂泥铲出去。"

"说得对，工头儿。"他声音出奇的平稳，血红的眼皮像坏掉的百叶窗不停抽搐，嘴角却挂着石雕般的笑容，"我可清醒得很。就是您这堆宝贝银钱把我的脚给黏住了。"

说着，他突然矮了半截——膝盖砸在地板上发出闷响。他从工装裤深处掏出皱巴巴的六块钱纸币，像祭神般摊在面前，肿胀的眼皮后射出两道执拗的光，直勾勾盯着白人监工。骰子在人堆里转圈，他瞧着白人面前那摞油渍麻花的钞票越堆越高。白人先连赢两把满堂彩，接着又吐回去两角五。当骨制的骰子终于传到他掌心时，他拇指摩挲着凹陷的斑点，骰盅在他拳眼里发出闷响。一枚硬币旋转着飞向中央，在煤油灯下划出银亮的弧线。

“押一块。”他甩出骰子，骨头块儿在木地板上蹦跳。白人监工一把抄起骰子扔回来。“我偏要押，”他说，“被毒蛇咬过的人还怕什么？”骰子再次飞出，这次是个工人伙计掷回给他。“接着押。”他第三次扬手，骰子还没落稳，突然像猎豹般窜出，铁钳般的手指扣住白人正欲动作的手腕。两人就这么蹲着对峙，中间隔着那堆肮脏的钞票。他死白的指节越收越紧，脸上凝固着瘆人的微笑，声音却恭敬得像在教堂：“我个人倒不介意有人耍花样。可这几位兄弟……”随着“咔”的一声脆响，白人掌心突然炸开，另一副灌铅骰子叮当落地。白人踉跄后退，右手猛地向后腰摸去——那里别着的左轮手枪在煤油灯下泛着冷光。

他肩胛骨之间用麻绳悬着把剃刀。只见他左手如毒蛇吐信般往后颈一探，钢刃便从衣领里闪出寒光。拇指顶开刀鞘的瞬间，右手已将那冰凉的钢片夹进指缝，刀背紧贴凸起的指节。白人监工的手枪才抽到一半，他裹着刀光的拳头已如闪电般凿向对方喉结……

狩　猎

拉特利夫是一名缝纫机推销员，当时他正驾着一辆轻便的马车。为什么说“轻便”呢？因为这辆马车实在是太简陋了，马车里只放着缝纫机的样机，什么装饰都没有。不过拉着这辆马车的两匹马却十分的结实有力。如此精壮的马匹却只拉了个小破车，这种奇怪的搭配实在是让人无法恭维。他四处奔波，穿行在各种乡间小道之中，将缝纫机带到各家各户。当然现在不是这样了，他已经开得起一辆T型福特车了，但他依旧和以前一样，四处奔波推销缝纫机，车里依然放着那个缝纫机的样机，而且还是装在一个破铁皮箱子里。那小破箱子甚至都已经生锈了，感觉都快烂掉了，不过上边涂的油漆倒是显得比以前的稍微高级了一点儿。

拉特利夫可不是一个普通的缝纫机推销员，你甚至能在那些本应该全是女人的地方看到他的身影。不仅如此，他还经常参加乡村教堂的歌咏会，不是凑人数装装样子，是真的张嘴唱歌那种，而且令人意想不到的是他的男中音还挺好听的。不过，别以为他一天到晚和女人打交道就是个胆小柔弱的人了，他还参加过那次猎熊活动呢。当然，他并不是为了去打猎，而是为了推销他的缝纫机产品，只不过有件事他应该心知肚明才对——在德·斯班家族一年一度的猎熊活动中，他

不太可能找到缝纫机的买家。因为德·斯班太太肯定已经有一台了，除非她打算把缝纫机送给别人。而那位卢修斯·霍根贝克先生，即使他有购买的意愿给他夫人买一台，除非拉特利夫能允许他不付款，这显然是不可能的。虽然拉特利夫很清楚这些事情，但他还是毅然决然地去了，没人知道他是怎么想的，一个摆明了不会有生意的活动，还坚持要去，真是个疯子。

这里面就要讲到一个人了——布恩·霍根贝克的儿子——卢修斯·霍根贝克。在过去的打猎队中，老布恩是德·斯班少校和麦卡斯林·爱德蒙兹的得力干将，在打猎时帮了少校很多忙。除了他以外，我的爷爷也是这个打猎队的成员，只不过没有老布恩那么出名罢了，所以大部分人都未曾留意。卢修斯身为这位名人的儿子，本来是件值得骄傲的事情，只是卢修斯才四十岁牙齿就几乎掉光了，这使得人们现在只记住了这个小笑柄了。其实，他还曾和普罗文兄弟在杰弗森镇以“普罗文帮”的恶名横行乡里，他们做过很多过分的事情，比如曾在周六的晚上，拿着猎枪到广场上乱开枪。多可怕啊，万一打到人怎么办？不止晚上，他们在周末的早上还会骑着马在小巷里乱跑，吓得那些早晨去教堂祷告的太太们尖叫连连。但是那些不安分的日子已经过去很久，如今镇上的年轻人对卢修斯知之甚少，只知道他身材比较高大、体格挺健壮，平常总是在漫无目的地闲逛。他到现在都从未被任何团体接纳过，更别提努力赚钱养活他的老婆孩子了。

在我们这群人当中，也有一些男性成员的家庭像卢修斯一样，生活在贫困线上，可能这些人也从未想过要努力工作吧。这几年，他们更是难以找到稳定的工作了。为了维持或者说是为了追求一种体面的生活，他们选择了一种特殊的工作方式：成为某些厂家的推销员。推销的商品有很多，最多的是一些日常用品，比如肥皂、男性洗漱用品和厨具之类的东西，我们常常能看到这些推销员提着装有样品的黑色小箱子，在街头和广场上来回穿梭着。

近几年，这种推销员的工作倒是异常受欢迎，从业人数越来越多了。令人惊讶的是，有一天人们竟然看到卢修斯也提着这样的一个黑色小箱子出现在了街头。天啊！实在是太不可思议了，他怎么会沦落到去做一名推销员的？即使这份工作最近确实很受欢迎，但是以他的身份应该还不至于沦落到这般田地吧。结果，只过了还不到一个星期，治安官就发现卢修斯的箱子里装的是威士忌，而不是常见的那些生活用品，于是卢修斯被关了起来。好在斯班少校（并非已故的那位老少校，而是他的儿子，他继承了父亲的军衔并以此为荣，如今是一位银行家）知道这件事后，设法将他保释了出来。

斯班少校是出于朋友义气和家族荣誉才来收拾这个烂摊子的，这一点倒是和他父亲如出一辙。老少校一生都在为别人分忧，很少考虑自己。身为他的儿子，小斯班少校很好地继承了这一点。他保释霍根贝克出来这件事，虽然并没有花很多钱，但是我们觉得他这是在用一种古罗马人的方式，向过去的卢修斯致敬。

尽管岁月的流逝使许多事情变得模糊了，但仍有部分年长的人清晰地记得二十年前的那位被称为“屠夫”的卢修斯。他身上有着令魔鬼都感到恐惧的杀气，可怕极了，只是后来似乎在某个不起眼的时刻悄然消散了。他不仅缺乏幽默感，脾气还非常火爆，在酒后会做出一些很疯狂的事情。就比如那次的野餐会，活动进行到中途的时候，卢修斯和普罗文兄弟俩骑着马来了，将参与野餐会的人一个一个叫了出来，用通红的烟头去烫当时非常流行的赛璐珞领口，在每一个参加聚会的人的脖子上都留下了烧焦的痕迹。

“这简直太疯狂了，就像野兽一样，对吗？我认为正常人是不会这样做的。”拉特利夫讲到这段话时带着一丝戏谑的口吻，仿佛描绘的是这样一幅画面：一头不知名的猛兽，爪子上沾满了血迹，正懒洋洋地睡着，发出轻微的鼾声。

现如今幸存的契卡索族人也已经拥有了新的名字，他们的生活方式也逐渐与他们周围的白人部落融合了。尽管如此，我们却从未与他们相遇过，因为他们一直待在自己的领地内，从不踏入城市。后来我们逐渐明白，他们和那些白人并没有什么不同。事实上，他们最与众不同的地方，也许只是——他们可能在沼泽深处私自酿造威士忌。不过在我们这一带，这也不算是什么大事，没什么大不了的，况且还只是有私自酿造威士忌的嫌疑而已。但这些传闻对于我们这些小孩子来说，是带有几分传奇色彩的——因为他们隐居在一片沼泽地，这里与那座神秘土墩紧密相连，从某种意义上来讲，他们可以说是土墩的守护者。

刚才我提及的土墩，虽然没有多少人见过，但是关于它的传闻与议论却从未停止。尤其是在我们这群男孩中，土墩成了我们生活中不可或缺的一部分，就像我们脚下的土地一样重要。还有那些与我们共存的黑人们，他们与我们共享姓氏，却比我们更率真、更有潜力与活力。反正我认为他们比我们好多了，最起码他们不会有别的什么方面的歧视，这一点是我们不得不承认的。

在我十五岁的时候，我和我的一个朋友，为了证明自己的勇气，决定在夕阳西下的时候攀登土墩。那是我们第一次亲眼见到了印第安人，我很兴奋地向他们问了路，并成功地在太阳落山之际登上了墩顶。尽管那天晚上我们都带着野营设备，但是我们并未生火，也没有搭帐篷睡觉，只是紧挨着坐在墩顶，一直到天亮。整个晚上我们都默契地保持着沉默，直到天边曙光乍现时，我们才借着灰蒙蒙的光线看着彼此。也是到这时，才发现对方的脸色都是青灰的。之后我们就回到镇上了，各自回家上床睡觉，这就是我们对土墩的印象和感受。

现在，拉特利夫在讲卢修斯·霍根贝克以及他打嗝的事情。

当我回到城里，人们看见我青灰色的脸就问我："拉特利夫，你的脸怎么了？难道德·斯班少校把你当作追熊的猎犬了吗？"

"不。"我回答，"这是豹子抓的。"

"好吧，那你打算怎么处理那只豹子？"一个人好奇地问。

"喂！"我笑着说，"如果我知道的话，那我就真的是猎犬了。"

我和卢克（卢克修斯的昵称）一样，对阿许老头儿的身份一无所知。我仅知他是斯班少校家的仆人，负责营地的杂务。最开始的时候，我的初衷是帮助卢克解决问题，尽可能为斯班少校分忧，所以我才让卢克暂时离开营地。然而到了深夜，他竟然如受惊的鹿一样从树林中狂奔出来，冲向了我们打牌的地方。

我开口道:“好了，冷静一点儿，你应该感到开心才对，因为你总算安全地从他们那里脱身了。”他停下来用充满惊讶的目光狠狠地瞪着我，紧接着恶狠狠地扑向了我。救命啊，他实在是太重了，压得我都喘不上气了。我说不出话了，只盼望着能有人来救救我。

值得高兴的是，真的有人来救我了，至少来了三四个人才将他从我身上拉开。我解脱后大口地呼吸着新鲜的空气，脑子里已经完全忘记刚刚打牌的事情了。就在我以为自己总算解脱的时候，一群人突然冲了过来，美其名曰劝架。可是这帮“劝架”的人狠狠地推搡着我，甚至还踩我的脚，我被搞得更加狼狈了。就在这时，坐在椅子上的斯班少校突然转过身来，手里握着刚刚配齐的四张“小三”，狠狠地将牌砸在桌面上，嘴里爆出一连串的脏话。

“这是干什么啊？”斯班少校生气地大喊。

“一定是他让他们来整我的！”卢克说，“一定是他！我不会放过他的！”

“让谁来整你啊？”少校疑惑地问。

“那些印第安人啊！”卢克边抽泣边说道。我努力挣脱了抓住我胳膊的一个人，但这些“劝架”的人就像甩不掉的膏药一样，刚甩开就又朝我扑来，直到斯班少校严厉地咒骂他们才停下来。别看这商贩外表柔柔弱弱的，就听信他只是一个卖粉红色内衣和剃须肥皂的推销员，没什么力气，也许正是因为这样的生活他才积蓄了很多的力量呢。不要小看每一个人！这是我刚刚领悟的道理，稳定了局面后，斯班少校开始询问我事情的经过，我解释说只是想帮卢克不再打嗝。

我恰好路过这里，就想来看看大家的狩猎成果，我到这第一眼就看到了卢克。便和他打了声招呼：“你好啊，在这能碰见你真是稀奇呀！”我以为卢克会反驳我，却没想到他只是回应道：“嗝！嗝——哦！嗝——哦，我的天啊！”

从前一天的晚上九点开始，他就在打嗝了，我猜他可能是吃了太多的熊肉、鹿肉，还喝了威士忌，所以他才不停地打嗝。而且他这打嗝的频率，每分钟三次，太有规律了，就像定时炸弹一样精确。只不过，这颗炸弹里装的是熊肉，而不是炸药，所以无法爆炸，也无法结束他的痛苦。我可没有笑话他，我只是打个比方，好让大家更好地理解当时的情况。

后来人们纷纷向我诉说，他的行为搅得众人彻夜难眠。就连一向沉稳的斯班少校也忍无可忍地从床上跃起，紧握猎枪，命令阿许带上两只猎犬跟自己出门，卢克也紧随其后，一起进入了森林。我猜卢克之所以愿意跟着，完全是因为他实在是太难受了，他比其他人更加难以入眠。他跟在斯班少校的身后，不断地发出“嗝！嗝——哦！嗝——哦，我的天啊！”的声音。斯班少校终于无法忍受了，转身对他喝道：“你给我滚到那伙蹲守鹿的人那边去，你这样打嗝叫我怎么悄悄地跟踪一只熊，怎么听见猎犬追踪到熊时的叫声？我还不如开一辆摩托车来呢，实在是太吵了！你现在就给我离开这儿！”

卢克只能转身走向了蹲守鹿的猎人那边，虽然他人离开了少校，但是他的声音却没有立刻消失，而是慢慢地变小，直到再也听不见。他好像完全没有意识到自己的声音有多大，我甚至觉得他是不是想让人们把他当成猎物朝他开枪，他看起来实在是太难受了。可惜的是这并不可能发生，因为他发出的这个奇怪声响实在是不会让哪个傻子将他误认为一只猎物。

他走向了艾克·麦卡斯林大叔——第一个蹲守点的人，直接坐在他的身后，继续发出“嗝！嗝——哦！嗝——哦，我的天啊！”的声音。艾克大叔忍无可忍地回头冲他吼道：“你好吵啊！别在我这儿待着！你在这里打嗝，这个世界上难道会有这么傻的猎物来这里吗？！”

卢克只能无奈地挣扎着站起身来，蹒跚地走开了。他沿着防洪堤走向下一个蹲守点，然而悲剧再次重演，他被驱赶后又继续向下一个目标前进。我猜他仍然心存侥幸，希望有人会怜悯他，给他一个解脱，因为他似乎已经彻底放弃抵抗了。

人们纷纷表示不满，当他讲到“哦，我的天啊”的时候，整个营地都能清晰地听到他的声音。据说那回声大到连追踪兽迹的猎犬都停止了吠叫，在这样的环境下，怎么可能有猎物出现呢？它们都跑掉了！于是，大家都不再蹲守了，阿许老人和斯班少校也都回来了。

我说：“你从昨天九点开始就一直在打嗝？天啊，我认为这有些严重了，你应该采取一些措施让嗝停下来。”他瞪大双眼狠狠地盯着我，嘴里不停地发出“嗝！嗝！嗝！”的声音，特别有节奏感，滑稽极了。

他说：“不，我喜欢打嗝，我不需要停下来，但是如果你也打得停不下来的话，我可以帮你，你想知道该怎么做吗？”

“怎么做？”我好奇地问。

“把你的头取下来，这样你就不会再打嗝了，我很乐意帮助你。”

他冷冷地回复。

我听说他前一天晚上吵得大家整夜未眠，还把附近洼地的猎物都吓跑了，就想着帮帮他。于是我说："我知道怎么让你停下来，不过，如果你不想治的话就算了。"

然后我就听到他没有一点儿犹豫地说："我当然希望停下来，付给你多少钱都可以，只要你能让我停下来。"说到这儿他的嗝变得更厉害了，他现在就像一个打开的排气阀一样，变得更吵了。他努力地压低自己的声音，坐在厨房的台阶上看着阿许和其他人准备饭菜。他再次开口，声音略显疲惫："我已经尝试了所有的方法了，甚至连那些偏方我都试过了，都没有用，你还有别的办法吗？"

我迟疑了一下，回答道："其实，我也不知道具体该怎么做，但是约翰·老筐知道，你可以去找他，让他在土墩上为你治疗。"

他沉默着，慢慢地转过头来看着我，似乎在认真思考我的话，"约翰·老筐？"他疑惑地问。

"对，就是他。"我肯定地回答，"那些印第安人掌握着许多独特的祖传秘方，而且他们对我们是十分友善的。"

"约翰·老筐是印第安人，我不会去的。"他跳了起来，站在那里一边打嗝，一边大声地咒骂着，声音听起来带着哭腔，"没有一个人心疼我，我在这儿受尽了折磨，已经超过二十四个小时没有吃饭睡觉了，但是却没有一个人关心我！"

"唉，话不能这么说啊，你看我就挺担心你的啊。"我耸了耸肩补充道，"你打嗝这事也跟我没关系吧？但是我还是过来和你探讨解决方法了对吧？我真的是来帮你的，而且我觉得要想治打嗝，“约翰·老筐确实是最好的人选，所以我才推荐给你的，你要是不想去那就算了，当我没说好了。”说完我就起身假装离开。我藏起来观察他，看见他又坐回了台阶上，继续发出“嗝！嗝！嗝！”的声音。

过了一会儿，卢克忽然起身，安静地回到了房子里，拿着一只点亮的灯和一杆不知道是谁的枪从房子里走了出来，步伐坚定地向着森林深处走去了。

老阿许开口问道：“他要去哪儿？”

“谁知道呢？”我嘲讽道，“我刚才和他说话的时候，他还没决定好要去哪儿，也许他只是去散散步？你觉得呢？”

老阿许没有回复我，他看向卢克消失的地方，陷入了沉思，又回到了厨房。

我走向人们打牌的地方，边走边说：“好消息，各位，我想大家今晚都能睡个好觉了。”我把卢克的情况告诉了他们，我觉得他很有可能会在外面待到天亮再回来，他总不能在大半夜再走五英里的路回来吧，这简直太愚蠢了，没人会这么做的。

“天啊，拉特利夫！”斯班少校惊呼道，“你怎么能这么做呢？”

“怎么了少校？我只是给他推荐了一下。”我解释道，“老筐也算是个医生吧，我又没骗他，他一声不吭地就走了，谁知道他去哪儿了。”

弗雷泽先生开口道：“让他去吧，因为他我一夜没睡，这实在是太痛苦了……你倒是发牌啊，别光顾着聊天啊！”

“我们又不知道他去哪儿了，怎么找他？”艾萨克大叔在发牌的时候说，“如果他真的去找约翰·老筐了，那我希望他真的治好他，可别再打嗝了，实在是太吵了。”

我坐在那里看着他们打牌，一想到卢克在黑暗中提着一盏小灯走上五英里，只是为了治打嗝的时候，实在是忍不住笑了出来，少校看了我一眼问：“你在傻笑什么？”

“没什么，少校。”我笑着回答，“我只是想到了一些有趣的事，不过那不重要。你们打牌吧。”

“你怎么不跟卢克一起去呢？”斯班少校说着，叫老阿许拿酒来，可是老阿许一直都没有回应。没办法，我只好亲自去厨房叫老阿许了，可是进了厨房我发现这里只有一个仆人，我只好叫他去给少校送酒，少校抬起头看着他问：“阿许呢？”

“他出去了。”仆人回答道。

“出去了？”少校惊讶地说，“他大晚上出去做什么？他说去哪儿了吗？”

“他说他要去土墩。”仆人如实回答。

“他说要去土墩？”斯班少校逐渐变得严肃起来，“他要是敢去土墩喝酒，我绝不会饶过他。”

仆人摇了摇头说：“他并没有说去做什么，只是说天亮前一定会回来。”

斯班少校点了点头，语气坚定地说：“最好是这样，不然他死定了。”

我们就这样一直打牌，直到快十一点的时候，才开始讨论要不要去休息，因为第二天清晨还要早起去蹲守。就在大家准备去休息的时候，耳边传来了一个声音，就像是一群野马在道路上奔腾一样。我们还没来得及转过身朝门口看，斯班少校已经开口问道：“这是什么东西发出来的声音，怎么这么……”此时房门被猛地推开，是卢克回来了，脸上带着十分凶狠的神情。人们都被这一幕吓到了，只有我注意到他现在已经不再打嗝了，他的眼眶里还闪烁着泪花，似乎马上就要哭出来了。

“他们要烧了我！”他激动地大喊着，“他们对我进行了残酷的审问，然后把我绑住放到一堆木头上，在他们去准备火种的时候，我才趁机逃了出来！”

“你说的他们是谁啊？”斯班少校疑惑地问。

“就是那些印第安人啊！”卢克焦急地回答，“他们想要……”

“想要干什么？”斯班少校疑惑地说，“你接着说啊，怎么话说一半就不说了？”

“至少他们把你的打嗝治好了啊。”我笑着说。

卢克一下子被我这句话震住了，虽然他之前并没有注意到我，但现在他注意到了，眼神也变得凶狠凌厉。他盯着我恶狠狠地说：“你刚才说什么？”

“我说不管怎样，他们帮你治好了打嗝。”我再次说道。

他震惊地看着我，没想到从我嘴里能说出这种话，这简直就不是人能说出来的话。于是他生气地扑了过来，将我狠狠地压在身下，我感觉我马上就要窒息了。众人费了很大力气才将他从我身上拉开，我大口大口地呼吸着宝贵的空气，刚才那种压抑的感受实在是太痛苦了。

到了第二天早晨，我走进房间，看见老阿许在给斯班少校的枪装填子弹，但他只是匆匆瞥了我一眼，并没有理会我，就继续装填子弹了。我并不在意，只是对他昨晚的失踪很是好奇。

“你昨晚真的去了土墩？”我试探性地问。

他没有吱声，既不承认也不否认。

“你一定认识山上的一些人对吧？”我进一步推测。

“是认识几个。”他低声回答，却始终避开我的眼神。

“那你一定认识老约翰·老筐吧？”我追问。

“嗯，认识。”他平静地回答。

“那你昨晚见到他了吗？”我改变语气，试图引导他开口，然而阿许依然保持着沉默。没办法，我只能更加直接地说：“你看着我，听我说。”他才终于将视线投向我。

“昨晚你去土墩做了些什么？”我问道。

“谁，我吗？我没去土墩，我只是出去散了散步。”他声音低沉地回复道。

“好吧。”我说，“你不承认也没关系，反正霍根贝克先生也不再打嗝了，就算昨晚他回来之前发生了什么，现在也没人在意了。你昨晚去土墩是为了传递信息给山上的人吧？让我猜猜，是传给约翰·老筐的，没错吧？”

他听我说完后，就没有再看我了。

“说说吧。”我笑着说，“你是想亲自告诉我在土墩上发生了什么事呢，还是希望我提醒霍根贝克先生，你也参与了这件事呢？”

他始终没有停止装填子弹，也没有看我，但是我看出了他内心的挣扎。于是我继续说道：“机会只有一次哦，现在如实招来还来得及。”

“我只是提前上山，告诉那些人有个新的税务官要来，这个人没什么本事的，只要吓唬一下他，他就会逃走了。”老阿许终是架不住我的逼问，一五一十地坦白了。

“哈哈哈哈！”我大笑几声，接着说道，“好啊！你这人藏得真深啊！我一直以为我在捉弄人方面很有一套的，没想到还有人能跟我争个高下！哈哈哈哈，那后来呢，你看到他了吗？”

“后来就没什么了。”老阿许说，“他们先下山埋伏好了，过了一会儿，卢克一边打嗝一边走来了。他们凭着人多的优势，抢走了他的灯和枪，接着把他带走了，用印第安语骂了他一遍，反正他也听不懂，反正就是取笑他。最后，他们把他松松地绑在了柴火上面，好让他能轻易地挣脱，然后再假装派人去拿火种要烧死他，其实就是戏弄他一下罢了，剩下的事情你就都知道了。”

“好啊，你个老小子！”我笑道，“我彻底被你打败了！只是我还有一个问题不明白，你为什么要这么对他？”

老阿许依然没有停下手里的工作，只是淡淡地说：“没有原因，他太吵了而已。”

“别逗我了。”我反驳道，“事情肯定没有那么简单，我需要知道的是真正的原因，你想清楚啊，我现在可是有足够的证据可以向霍根贝克先生和斯班少校告发你。我不知道少校会如何处理你，但是霍根贝克先生嘛……我还是很了解的，你的下场可惨喽！”

老阿许依然坐在那里不停地擦拭着少校的枪，只是眼神变得越来越空洞，看样子是在回忆很久以前的事情。果然，没过多久我就听到他开口说：“我其实并不怕他知道，那是很久以前的事了，大约在二十年前了吧。当时他还很年轻，在一次野餐会上他和另外两个白人骑着马过来，把我们一个个拉出来，烧我们的衣领，真是太过分了，我的那个衣领就是被他烫坏的。”

“啊？所以你等了二十年，费尽心思，就是为了报复他？”我惊讶地问道。

“没有，也不完全因为这个。”他摇了摇头，解释道，“真正的原因是那个衣领子，那是我花了整整半星期的薪水才买到的，那是一个蓝色的领子，上面印有红色的画，画的是纳齐兹人和罗伯特·E·李在领地疾驰的场景。我特别喜欢那个领子，但是我心爱的衣领就那样被他一个烟头烧毁了，现在我每周只能挣到十块钱，我再也不能用半星期的薪水买一个那样的领子了！”

清晨的追逐

我是在船上看见这个老伙计的。那时正是狩猎的季节，不知多少骑着精心豢养的马匹的贵族正打算将这么一个大家伙击倒，好将它作为自己辉煌战绩的一部分。这头熊向来是最机灵的——哦，老天，它要是不机灵，那它是如何一次又一次地躲过捕猎，在这里尽情地嬉戏玩耍呢？它近乎精准地判断出了狩猎季的开始与结束，掐准了时间，隐匿起来保护自己，又不舍得错过一丝一毫的春光。

但是！今天，我的天哪，我一定是见鬼了，才会看见它出现在我的眼前。明天就是狩猎季结束的日子！我匆忙将这件事告诉给了欧内斯特先生，并替它祈祷在明日晨光到来之前，它身上不会盛开鲜血染出的鲜花——这可不是个好的笑话。

但是欧内斯特先生却很淡定——当然，也有可能只是表面的平静，他同我一样，不忍心看到这个大家伙魁梧的身影就这么倒下，再作为别人的战利品被抬走。我陪着欧内斯特先生和朋友打牌、聊天，直到夜深。

“嘿，小家伙，瞧你多么熟练啊！”华尔特·艾威尔朝着我说，“你精通一切游戏的玩法，宁愿熬夜玩耍也不愿多看一点儿书来学文化。嘿，我问你，小子，你知道自己的名字怎么写吗？”

“我不用写，我知道我是谁。”我回答道。

“嘿，他没上两天学，就得来这边给欧内斯特当耳朵啦，这样子上学又有什么用呢？”威利·莱盖特说。

“嘿，你们背着我说什么呢？”欧内斯特先生问。他的耳朵里塞着助听耳塞，但他从不肯带电池到营地来，因为电源线总会缠在灌木丛上。他的耳塞形同虚设，因此需要我这么一个“耳朵”来帮他倾听。

“威利说我该睡觉去！”我大声道。

“那就睡觉去吧。”欧内斯特先生点了点头，叫我去房间里。过一会儿他也进来了，我想再和他说说白天看到的那对巨大的角，但那势必很困难，我得朝他大声喊——他向来是不肯承认自己听力不好的。于是，我和他一夜无话，一直睡到凌晨四点才被喊醒去准备今日的狩猎。

天刚刚亮，借着昏暗的光，我能看见树林里灌木上挂着的一层白霜——我想起了那头熊，它一点儿也忍不住在这种环境下自由奔跑的诱惑。

狩猎之前的准备工作其实比想象中烦琐得多。我带着马灯摸黑过河，给今天即将大显神威的坐骑们喂草，再赶回来吃了饭，把搁置猎枪的木架子运过河去。这期间，我们之中最有狩猎经验的艾萨克·麦卡斯林大叔会选定蹲守点，架上那些木架，为捕获一头威武雄壮的公鹿做好最充足的准备——我们是铁了心要抓住它的。

当然，猎狗也是必不可少的，它们是我们忠实且勇敢的伙伴。“老鹰”和其他的猎狗被皮带牵着，运过了河，它们仿佛都知道今天是什么日子，都蓄势待发。好在“老鹰”很有威严，其他的狗在它的压制下，哪怕是再想借此机会好好表现一波，也不敢轻举妄动。我同欧内斯特先生将丹恩的马鞍装上，随后他翻身上马，我把枪递给他，再将束缚丹恩的缰绳松开。这里可没有更有威严的马来压制这个调皮的家伙，它兴奋地乱叫，闹个没完没了。欧内斯特先生敲了敲它的脑袋，它才从解放天性的快乐里回过神，并找回自己身为坐骑的伟大责任感和理智，忽然严肃起来，在原地安分地等待着出发的号令。最后就是子弹的装膛了，这个工作由欧内斯特先生自己负责，等他装好以后，我蹬上马镫坐在他的后面。这时便可以出发了。

猎狗们蹦蹦跳跳地在前面走着，西蒙紧随其后，我们和其他人跟在西蒙后面。走在泥泞的土路上，令我感觉像在云端飞行。马儿鲜活有力的肌肉在我的胯下跳动，而我像一团棉絮一样飘来飘去。太阳正渐渐升起，今天会有一个好天气。凌晨的寒意已经被对狩猎的期待祛除，我坐在马背上，心中充满了对今天活动的期待。

那头公鹿果然没有辜负艾萨克大叔的期望，在我们到来之前就提前拜访了这里——长沼泽里满地的、美丽的脚印就是最好的证明。我和欧内斯特先生顿时对今天的狩猎充满了希望，誓要将它拿下不可。往年我们也见过它在狩猎的时节在这片沼泽里面出现，但是它非常狡猾，每当狗群悄悄地靠近它休息的那一片芦苇荡时，它就趁着其他鹿四散而逃的时候，悄悄地从河流那边逃走，不知道让多少冲着它而来的人铩羽而归。

但今年我们不可能再给它逃走的机会。我们让可靠的队友留下来，

叮嘱他在公鹿出现的时候将它撵向艾萨克大叔的蹲守点，我和西蒙负责带着猎狗探向公鹿的藏身之处，一直走到欧内斯特先生指定的位置我才放开了手中的狗。

其他的猎狗或许还在莽撞的年纪,但是“老鹰”是值得我们放心的。它对这只公鹿的熟悉程度不亚于我们，我们也因此对今日的狩猎计划充满了信心。“老鹰”比平日里还要多上两分耐心与谨慎，猎狗们像跟着母鸡的雏鸡一样在它后面排成一队，看起来滑稽得很，但我却不敢笑出声。我们为这个狡猾的家伙准备已久，所以我也格外紧张，生怕突然有一只不听话的调皮猎狗乱叫，将那休息的公鹿惊跑。

好在一切比我想象的顺利很多，“老鹰”靠近了公鹿，丹恩也朝着灌木丛突然发力，就像有一支发令枪被无声地打响。霎时间，大家都紧张起来——而我已经在欧内斯特先生背后，为他指明公鹿逃跑的方向了。

芦苇被鹿群冲撞着倒下，那头公鹿被猎狗群追逐着一路跑向艾萨克大叔所在的蹲守点。我和欧内斯特先生在后面，谨慎地等待蹲守点那边的捷报。

但是我们未能如愿。

没有枪声，没有欢呼。我们等了很久，都没有听见捷报传来，便知道这个狡猾的家伙不是只靠那条隐蔽的河流活到现在的年岁的。蹲守点的人拦不住它，告诉我们它和猎狗群朝着南边去了。于是我们再次出发，坐在丹恩的背上向南而行。

我是不希望它向着那一片区域去的——虽然我的希望并不能决定

它逃亡的路线——那边正是公猪沼泽的方向，有另一支打猎队正在那里狩猎。如果公鹿被他们抢去，那我绝对会因此伤心一整年，哪怕其他的狩猎季再怎么满载而归，我都忘不了这一头公鹿是怎么在我们眼皮子底下跑进其他贵族的领土的。

“老鹰”依旧活力满满地带着其他的猎狗跑在我们前面，对那头公鹿穷追不舍。我的心几乎悬在了半空，太阳如我们预想的那样升了起来，明媚的阳光洒向大地，脚下的青草也散发出沁人心脾的芬芳。但是我已经完全没有心情去欣赏这些了，我的心仿佛挂在了公鹿那美丽得让人失智的犄角上，并随着它的奔跑上下颠簸着。我几乎就要大喊出声：“住手！住手！这是我们的鹿！”但我强忍住了，因为我看见不远处有一群拿枪的家伙靠近它了。

“老鹰”的叫声和几声枪响从那边传了过来，我的心也像中了子弹一样，变得恍恍惚惚的。这时，我听见他们和欧内斯特先生的对话。

“我想它被我击中了，跑不远的。”一个人这么说。

“那我们应该仔细找找血迹。”欧内斯特先生保持着他贵族的风度，彬彬有礼地与对面打招呼，“你们找到它以后，别忘了吹响号角，让我来见证你们的荣光。”

我们继续前行。猎狗们的精力还是很充足，继续引领着我们向前跑，直到一个陌生的地界。我从来没来过这里，欧内斯特先生怕是也没有过。那头公鹿带着我们来到了这偏远的地带，但它自己却消失不见了。好在猎狗们尽忠职守，我听见它们从远处传来的叫声，它们给欧内斯特先生指明了方向，示意公鹿正在那边。

“坐好了。”欧内斯特先生听不清狗群越来越微弱的叫声，但这不妨碍他意识到时间不多了。他话音未落，便驱赶着丹恩腾空而起，随后我看到了沼泽中间那根手臂粗的葡萄藤。

但这时已经来不及了。丹恩像离弦的箭一样冲了出去，它显然也看见了这根碍眼的藤蔓，并低下了头颅打算从下面穿过去。不料，欧内斯特先生此时满心都是远方的公鹿，没注意到眼前的藤蔓。结果，藤蔓滑过了丹恩的头，勾住了马鞍，将我们死死地卡住了。

前面是受痛发狂的马匹，后面是不知道在这个无人涉足的沼泽里生长了多少年的藤蔓，我敢打赌，如果没有一个薄弱的地方突然松开，将我们从眼下这个尴尬的处境解救出来，那么我和欧内斯特先生只会有两个结局，一是从马鞍侧边翻转或者马鞍断开，我们掉到沼泽里，二是在这里活活耗死。

好在马鞍的质量让我放心，它没有断开让我们俩掉进沼泽之中，断裂的是马鞍的肚带。我、欧内斯特先生以及那一副质量良好的马鞍，一起被藤蔓弹飞，落回到沼泽的一侧。丹恩失去了向后拉扯的力量后，跌跌撞撞地继续往前，成功抵达了对岸。

由于我坐在欧内斯特先生的后面，所以被弹飞的那一刻，我脑袋里就不停地在想着落地时该怎么办。毕竟，这确实算得上我短暂人生中的一个前所未有的大危机——欧内斯特先生的体重足以将我压成肉饼，更别提那副沉重的马鞍了。于是我借着个子小、体重轻的优势在空中灵活地转身，爬到了欧内斯特先生身上，落地时将他当成了肉垫，重重地压在了我的身下。

欧内斯特先生的怒火显而易见，他先将我咒骂一顿，又骂骂咧咧地爬起来，一边爬一边痛得龇牙咧嘴。他用手简单地舀了点儿水，洗了洗脸颊和脖子上的泥，又抱起马鞍和枪，领着我走过沼泽。

不幸中的万幸是，丹恩没有独自跑去追逐我们的猎狗，而是在对岸安安分分地停了下来，不缓不快地嚼着它意外得到的小零食——一种在河边生长的鹿藤。

感谢我们着装上的所有带子，它们今天派上了大用场。在带子与环扣的帮助下，我们重新安装好了马鞍，准备再次出发。

“下次遇到藤蔓，你先喊一声。”欧内斯特先生明显对刚刚的事情耿耿于怀，特意转头嘱咐我。

“好的先生，但是下次你加速之前，最好也先告诉我一声。”我回答道，“现在，先生，我们要往哪边去呢？”这一段插曲实在是耽误了我们太多的时间，所以我们已经完全听不见猎狗群的动静了。而且它们也还没有聪明到特意为我们留下痕迹，哪怕是猎狗群里最年长最聪明的“老鹰”也做不到这一点。

欧内斯特先生将我的话当作耳旁风，继续朝着之前的方向前行。慢慢地，我们的视野开阔起来，正午太阳的光辉与炽热同时提醒着我，我意识到，我还没吃午饭呢。

但是此刻条件恶劣，不能要求更多了，毕竟连欧内斯特先生都还空着肚子，我喊饿也没什么用。我在心里暗暗祈祷事情朝好的方向发展，但是，我却听到了枪声。

枪声提醒了我，我终于后知后觉地意识到，我们跑得太远了，这里距离我们出发的地方足足有二十八英里！我完全可以理解猎狗们不再发出叫声——它们怕是全都筋疲力尽，被那个有着美丽犄角的大家伙遛得没有半点儿叫出声来的力气。当然，那头公鹿肯定也消耗了大量的体力。

我们第二次看见了人影。两三个强壮的成年男子在枪声响起以后就躲在灌木丛里寻找血迹，我们小心翼翼地策马离开，没有惊动他们，任由丹恩带着我们在灌木丛里穿梭。这完全算得上一次新奇的体验，毕竟你很难想象像丹恩这样强壮有力的身体居然也能如此灵活——不亚于最优秀的舞蹈演员的灵活。就这样，我们走出了灌木丛，突然，欧内斯特先生掰着丹恩的脑袋，喝令它向北前行。

“哦，不对！先生，这不对，我们应该向东边去。”我大声地叫起来。

可是欧内斯特先生没有理我，他转过头来，脸上满是奔波一天却一无所获的疲惫，非常憔悴，还夹杂了刚刚重重摔在地上的狼狈痕迹，对我说：“我知道它要去哪，就像它知道自己应该在今天的日落时分回到它原先生存的地方，我们跑得足够远了，是时候回家了。”

“它已经给过我们机会，给过我们向它开枪的机会，而现在，一切都结束了，我们见证了它的美丽与强壮——哦，也许它已经太老了，在鹿群里称不上最强壮的，但是我们不能否认，它有出色的奔跑能力以及机敏的意识——所以，现在，我们该回去了。”

我哑口无言。在明媚炽热的阳光照耀下，我知道这已经不是刚刚出发、尚带着寒凉水汽的早晨了。太阳正在向西而行，过不了多久我就要失去这样美丽而灼热的光辉。到了那个时候，我们就该回到家，吃完晚餐躺在床上等待新的一天到来——鹿也是这样的。它依靠自己引以为豪的奔跑能力躲过了今天的危险，在明天太阳升起的时候会再次来到长沼泽的芦苇荡，安静地在那里休息发呆。不会再有一批我们这样的人去打扰它——因为明天狩猎季就结束了——一直到明年（如果它还能活到明年的话，在鹿群里面，它已经是年纪非常大的一头老鹿了），明年的这一天，也许是我们，也许是另外一批人，依旧为它的美丽所吸引，并因此展开对它的追逐。哦，不过，上帝，我相信再也不可能有一批人像我们一样，能够追出足足二十八英里了。直到现在，直到二十年以后，我还将这个距离铭记——这真是让人难以相信。

欧内斯特先生决定以后，我们便往回走。现在是十一月初，天气刚刚开始变冷，走在路上，能听见的只有呼啸的风声，其余的一切都是静默的。你听不见鸟叫，不管是啄木鸟、金翼啄木鸟还是松鸦，它们仿佛早早地就冬眠或者躲起来逃避这场狩猎了。在这万籁俱寂中，我的脑海里出现了一幅画面：一头充满魅力而强壮的鹿走在前面，紧跟在它后面的是“老鹰”带领的猎狗群，再后面是我、欧内斯特先生还有丹恩。我们都向着“家”的方向前行，就像来时一样默契。

我们在一片无声之中尽情地回味今日这叫人难以置信的经历——当然，欧内斯特先生心里可能稍有遗憾，毕竟他是铁了心地打算将这个桀骜不驯的家伙征服的——但是，我们持续了一天酣畅淋漓的奔跑，享受了可能是这一年最后一次的明媚阳光，抵达了虽然偏远但是我们从来没有到过的新地方。最后，我们轻松地坐在马背上，在日落之前回家，享受我们的晚餐，等待冬天的彻底来临。不久，我们听见鹿的声音，还有几声颇为耳熟的呜呜声。我认出那是猎狗群的叫声，它们的确像我猜测的那样筋疲力尽，哪怕鹿已经在不远处的灌木丛里面休息，它们也没有力气去完成它们的使命。我们继续往前走，进入了一片小树林里，“老鹰”带领着另外两只小狗在其中慢慢地走着，没有发出一点儿声音。再往前大概四分之一英里，就可以看见那头公鹿。它敏锐地感知到狗群已经再次向它逼近，便不慌不忙地站了起来。它的身形如同骡子一般高大，它轻巧地将身子一扭，尾巴上的白色在我们眼前闪了一下，便消失在树丛之中了。

我想，这便是它向我们道别的方式吧。

丹恩驮着我们来到“老鹰”及另外两条猎狗身边，它们也实在毫无余力了，都停下了脚步，趴在地上，两条后腿叉开着，可怜巴巴地望着我们。

突然，欧内斯特先生对我说：“下去看看它们的脚。”

“先生，我想它们只是累坏了。”我嘴上说着，但还是相当听欧内斯特先生的话，下了马仔仔细细地检查了它们的脚。

“咔嚓”“咔嚓”“咔嚓”三声扳动猎枪的声音，在我后边响起，这是欧内斯特先生在重新检查一遍子弹，确保我们再追上那头鹿的时候他的枪能够有用武之地。确定猎狗的脚没有问题后我便又上了马，走出那片并不大的丛林时，太阳已经偏西了。

一直走到了一片松软的土地，我又看见了公鹿的脚印——短暂休息之后它又开始了它引以为傲的奔跑，但是没过多久便再次停了下来，仿佛知道以“老鹰”为首的狗群此时离他还有一段距离似的。脚印作为我们的指引，一步步引导我和欧内斯特先生寻找到那头鹿。它藏身于一处灌木丛后面，探照灯一样的阳光穿过枝叶落在它的皮毛上，将它映照得像一块流动的黄金。它秀气又有力的脖颈从灌木丛后露了出来，距离我们不过区区二十码，雄壮美丽的双角比最华贵的烛台都引人注目，简直就是天赐的艺术品。即使是我这种没读过两天书、毫无文化的人，也会毫不犹豫地啧啧称赞的精妙绝伦的艺术品。

欧内斯特先生的枪口瞄准了它。

我的心揪了起来。

枪响了，响了三回。

鹿受到了惊吓，从灌木丛后一跃而起，远远地跑开了。

那是空枪，三发空枪。

它白雪一样的尾巴就像是这个冬天落下的第一捧雪，趁我不注意的时候融化了、消失了。我有些不知所措地扭头看着脸颊上挂着一丝淡淡失望的欧内斯特先生，只见他缓缓地吐出一口比出气大不了多少的声音，平静地对我说，“我的天哪，这把枪里没有子弹。”

他的语气里满是遗憾和不甘，只有我最清楚，欧内斯特先生对它的渴望简直已经成了执念——我们在出发之前就信誓旦旦地宣布非将它拿下不可——甚至现在，他也带着那种失落的表情，哀叹地对我说，“哦，上帝，就差那么一点儿。”

“哦，没事的，我不会告诉他们你忘了上子弹的。他们永远不会知道这件事，只会知道我们没有遇见公鹿，让它给跑掉了。”我说。

“太感谢了。”欧内斯特先生说道，重新拉起了丹恩的缰绳，示意我坐好，像个无事人一样地继续出发了。

此时太阳已经落山了，天边再也不是来时那金光灿烂的朝霞，而是如火焰余烬那般通红的晚霞。天色慢慢暗下来，树林挡住了最后的阳光，我们完全看不清前面的路了。我和欧内斯特先生下了马，欧内斯特先生把枪递给我，随后将指南针放在一个树墩上，勉强借着树林缝隙中透出的一点儿光看了看。

“方向差不多。”这是没问题的意思了。我将枪递还了回去，牵起丹恩的缰绳，跟在他后面走着。

又过了一会儿，天已经完全黑了，我们连指南针都看不清，便只能依靠天上的星星辨别方向。树林里枝叶繁密，走着走着便偏离了原本的方向，这个时候欧内斯特先生将他的火柴掏出来，擦亮一根作为我们辨认方向所需的光源。

“先生，您认为还有多远？”我之前骑在丹恩背上穿越这一片树林的时候，从来没有觉得它有眼下这般茂密。我们不停地走着，但是一直没有走出这片影影绰绰的树林。我不由得有些着急，但是欧内斯特先生显得很从容，他总是不急不缓。“我们用完这盒火柴估计也到不了吧。”在他嘴里就像是“今天天气真好啊！”一样稀松平常。

我不知道走了多久，但是我能感受到，夜渐渐深了。初冬在白天没有展露出来的威力，现在已经完全释放出来了。我感到有些冷，开始思念房子里温暖的火炉，思念我柔软的被窝，甚至意外地思念起头天夜里一同打牌的威利——当然，我不觉得我是在思念他，我只是想起那夜的好手气以及屋子里的酒香味。我已经一天没有进食了，在寒夜里想起醇香的酒也无可厚非。

“上马吧。”欧内斯特先生停下来说。

这时已经很晚了，我也又累又冷，但我还是推辞道，“不了，我不累。”

因为在我的认知里，欧内斯特先生是我见过的最好的人，在我遇到他的第一天我就这么坚定地认为。我的母亲和父亲在两年前撇下我各自离开了，欧内斯先生骑着丹恩来到我所在的那间小木屋的时候，我丝毫没有感到害怕。其实，就连那间小木屋都是他慷慨地借给我们一家人居住的。事实证明我是对的，他从未伤害过我这个没人要的小鬼。所以欧内斯特先生是再好不过的人了，不止我这么认为，他身边所有人恐怕都是这么想的。

“上马吧，别把马儿惯坏了。”他说。

于是，我又回到了丹恩的背上。我坐在欧内斯特先生背后，由他掌握着马缰。我靠着他的背，尽量让自己不要有太大的动作，生怕弄坏了这个不堪重负的马鞍。我们就这样晃晃悠悠地往回走。真奇怪，来时并没有这么晃的，当然，也没有多么平稳，再强壮的马匹也不可能给你一种如履平地的感觉，只是回程的感觉的确不一样。来时的我兴致勃勃，回去时，我靠在欧内斯特先生背上，竟不知不觉地睡着了。当我醒来时，我们已经离营地不远了，因为我听见了河流的声音。丹恩也变得兴奋了起来，也许它想起了美味的马草？我们仨奔波了一天，不光是我和欧内斯特先生，就连丹恩也早已疲惫不堪、饥肠辘辘了。

草地的芬芳诱惑着丹恩，它的步子明显欢快起来，我也兴奋了许多，因为回到营地就意味着温暖的房子以及美味的晚餐。我们当中最平静的是欧内斯特先生，他现在看上去完全没有空手而归的失望，亦没有即将回到营地的激动，脸上仍挂着一丝熟悉的、温和的笑意。他掏出号角，呜呜地吹了起来。

此时我们已经离河边不远了，那里是一段不足四分之一英里的防火沟，再往前一小段，便是河流了。哗哗的流水声从来没有像今天一样让我感到亲切，哦，或许是有的，比如在我们刚刚搬进欧内斯特先生允许我们住的河边小屋的那一天。河面上雾气浓重，像一团团雪白的棉花，但它不像棉花一样泛着暖，透着热，而是带着十一月的寒气。我心里再怎么欣喜，身子都冷得直往欧内斯特先生背上靠。河岸上游的不远处便是沼泽，我敢打赌那头公鹿此时正卧在里面享受属于它的宁静美好的夜晚。欧内斯特先生的号角声它也能清楚地听到，但这不重要，狩猎季已经结束了，它理应拥有属于它的自由冬季，而我们将在一年辛苦劳作以后，获得充足的粮食，准备着来年再次回到这片猎场。到那时我们还会再见面的——如果它还能活到那个时候。

我看见西蒙的马灯了。隔着棉花一样的雾，我看不清人影，只能见到马灯的光在一颠一颠地朝我们靠近。欧内斯特先生示意我下马，我跟在他后面，来到河岸边的码头。他时不时吹响号角，好让西蒙辨清我们所在的方位。我看见了西蒙他们驾驶的那艘船，像夜里飞舞的萤火虫，慢慢地朝着我们靠近。然后我上了船，迷迷糊糊地又睡过去了。后来我被欧内斯特先生摇醒的，他叫我爬上河堤回到营地里去。

我就像梦游一样，一直走到一张床前面，膝盖碰到床边的那一刻，我也顺势倒下去了。

一觉睡到第二天，一切都结束了。明年的十一月，我们才会回来。帮我们架枪的艾萨克大叔、打牌的威利，还有华尔特以及其他参与这场围猎的人，都要回到他们居住的约克纳帕塔法去，直到明年才会再回到这里。

早餐以后，西蒙便将所有人都送走了，除了我和欧内斯特先生。他开着他的大船，把大家送到河的上游——停放着轿车和小货车的地方。欧内斯特先生正在抽他的雪茄，不过，他身上完全没有那种上流贵族的样子。要我说，他更像一个善良老实的农民。虽说他是一个农场主，但他和他租地上的帮工以及佃户没什么不同。他总是在辛辛苦苦地干活，脸上总是免不了地挂着土地的馈赠——有时候是一道泥痕，有时候是拖拉机油渍，有时候是忘了打理的胡子——但我正因这一点喜欢他，我知道我们会合得来。所以在我母亲离开的那天早上我便守好了我的枪，我父亲离开的那天我便给我的枪填上了子弹。等丹恩的马蹄声在房子外面响起时，我的子弹已经上好了膛，但是我见到的不是凶神恶煞的坏蛋，而是策马而来的欧内斯特先生，他对我说：

“来吧，孩子，你父亲不会再回来了。”

他叫我带上自己的东西，再把房子锁上以免在夜里遭遇窃贼——虽然我觉得我们家没有什么好偷的——然后带我回了他家，过上了还算不错的日子。那个时候他的妻子已经过世三年了，没有人会因为他擅自往家里领了一个半大的孩子指手画脚，也没有人会在他一觉醒来的时候就收拾了家里值钱的东西不见踪影，这很不错。所以我一直留在他的身边，直到今天，嗯，应该还有以后。

总而言之，我们会在西蒙这里一直待到用完午餐，甚至可能再待一天才走。午餐里必然有酒的存在，而酒在猎人心里的重要程度怕是不亚于枪支和弹药。比如艾萨克大叔钟爱他的家酿玉米酒，而洛斯·爱德蒙兹则最喜欢他的城里威士忌（这种酒又叫苏格兰威士忌，有一股像是从陈年的油漆桶中发出来的、难以描述的味道）。但是什么类型的酒对我来说并不重要，我更愿意美美地享受一顿属于我的午餐。这一天是彻彻底底的休闲时间，我们会躺在椅子上尽情地晒着太阳，顺便在心里盘算着开春时需要忙碌的一些事情，尤其是播种。一边想事情一边在阳光的沐浴下舒舒服服地睡上一觉，这是缓解疲惫的最好方式。而那头公鹿——现在正在河对岸休息的那头公鹿，想来也会有一个愉快的假期。毕竟一直到明年的这个时候，都不会有任何人来破坏它的安逸生活了。

突然，我意识到，我们勤勤恳恳地工作三百多天，就是为了拥有回到这里狩猎十四天的机会。与之相同却又不同的，是老公鹿小心翼翼地在这十四天里以最快的速度跑出最远的距离，换取接下来三百多天安逸、自由的生活。使它高兴与使我们悲伤的居然是同一件事情——这叫我彻底意识到打猎与种田并不是完全割裂开来的两段生活，而是有着某种内在联系的，是一件事情的两个方面。

我将这个发现告诉了欧内斯特先生，他一边听着我谈论这件事，一边规划来年的庄稼活，他突然开口道：“你明年不用忙这些了，给我上学堂念书去。”

“啊？”我不敢相信我听到的话，“我？学堂？念书？”

“是的，你要让自己有出息。”欧内斯特先生点了点头，说。

“哦，先生，我正是如此做的啊，我在让自己成长为一个像您一样的猎人和农民。”

“但这是不够的。”欧内斯特先生难得严肃地说，“如果这是以前，一个男人会因为他精湛的狩猎技巧以及他土地里面丰收的场景而收获赞誉。他会把他一年之中的十一个半月花费在土地上，剩下的半个月用来狩猎，但现在不是了，你必须投身于人类的事业。”

“人类的事业？”我问。

“对的。”他说，“你必须去上学，你得有文化，知道什么是对的什么是错的，知道在什么时候应该做什么决定，又为什么不做另外一个决定，你得讲出一个来龙去脉。你得依靠你学会的东西叫其他人信服你，使没有机会去学习的老百姓能在你这里学到新的东西。所以你必须得去上学！”

“天哪，您是不是被那两个家伙洗脑了！他们满嘴胡言乱语，您别信了这些鬼话！”我怒吼道。

“这就是您昨天放空枪的原因吗？您就是故意放走它的！就在您叫我去看‘老鹰’的腿的时候！”

“好吧，是这样的。”欧内斯特先生说，“但是，比起一张铺在厨房地毯上的干巴巴的鹿皮以及一个挂在墙上不会呼吸、不会喘气的鹿头，还有一车的被运回约克纳帕塔法的鹿肉，一头鲜活的、生机勃勃的公鹿难道不是更棒的选择吗？我们可以在来年的十一月再去追逐它，它还有十一个半月的自由，这不是一件很棒的事情吗？”

“然后明年再累趴下一次？您，我，丹恩，还有那群猎狗？”我说，“别犯傻了，这种蠢事明年不可能再有一次了。”

“也许吧。”欧内斯特先生回答道。

他继续说：“也许这两个字是如此精妙，当你还没有决定一件事情，并且也不知道怎么处理它的时候，它便可以成为你最好的答案。所以……现在开始我们的午餐吧，你去帮我兑一杯混合酒来。”

“好吧。”我说，“有两种选择，您是愿意喝艾萨克大叔发霉的玉米酒还是洛斯·爱德蒙兹那怪味的油漆酒？无论哪一种，我都不认为是一个好的选择。”

“天啊，你就不能称呼他们一句先生吗？比如洛斯先生或者爱德蒙兹先生？”欧内斯特先生又开始在意起这些细节来，他向来是希望我做一个礼貌的小孩的。

“行吧，行吧，先生。”我说，“您是需要艾萨克大叔的玉米发酵物还是想要洛斯·爱德蒙兹的‘油漆’？”

他气得吹胡子瞪眼，然后一整顿午餐我们都没有再提过有关上学的事情。

两位士兵

彼得和我常常在晚上造访基尔格鲁老先生的住处，只为收听从他家中传出的无线电广播。我们习惯在晚餐之后，夜幕降临时，悄悄地站在老人家客厅的窗外。由于基尔格鲁夫人听力不佳，老先生总是将音量调至最高，因此，我们即便身处他家紧闭的窗门外，也能听得很清楚。

某晚，我诧异地问："什么？日本人？珍珠港是什么？"彼得连忙示意我噤声。

我们在寒风中全神贯注地听着收音机里的声音，虽然我也听不懂是什么意思。收音机里的声音消失后，我和彼得便准备回家去了。途中，彼得向我解释，毕竟他已经快二十岁，而且还读完了中学，知道的比我多得多。他说，日本人袭击了远在海洋彼岸的珍珠港。

"是哪个海？是我们奥克斯福德的水库那边吗？"我追问。

"不。"彼得回答说，"是跨越大洋，在太平洋的那一边。"

回到家时，父母已经睡下了，彼得和我也准备睡觉了，但我心中对于那遥远水域的位置仍旧充满疑问。彼得再次耐心跟我讲解哪里是太平洋。他略带不解："你都快九岁了，从九月开学以来一直在学校，难道没有学到这些？"

“或许我们还没讲到太平洋的部分吧。”我答道。

那时正是冬季种植绿肥（绿肥种植，是土壤保育的主要农事操作）的时候，原计划是在十一月十五日种完的，但由于父亲一如既往地拖延，我们依旧没有种完。父亲总是这样，我们已经不感到奇怪了。我们还需将木材收进屋内，但每天晚上，我和彼得依然雷打不动地前往基尔格鲁老宅，忍受着寒风，在窗外听无线电广播。之后再回家，躺在床上，听彼得为我解释那些听不懂的新闻。不过他经常讲到一半就不愿意再说下去了，转而催促我赶紧睡觉，还说他已经很困了，不想再说话了。

他静静地躺在那里，要不是还睁着眼睛，我真会以为他睡着了。我能感觉到他好像憋着一股气，当然，肯定不是因为我。或者说，他好像在担忧着什么，但这也不一定，毕竟他素来无忧无虑。他从未像父亲那样耽误过正事，他从联合中学毕业时，父亲就赠予了他十英亩土地。我和彼得私下认为，父亲这样做是为了减轻自己的负担。彼得在那片土地上种满了绿肥，并在寒冬来临前，做好了一切准备工作，防止庄稼冻伤。

虽然我们的生活看起来平静无波，但又确实有些不同寻常。我们依然每日前往基尔格鲁老人家里收听广播，尽管如今战火已蔓延至菲律宾，但麦克阿瑟将军正阻挡着敌军的脚步。不过，接下来好多个晚上，彼得都不愿再与我分享心事，也拒绝交谈，只是沉默地躺着，如同一名埋伏的士兵，身体和四肢僵硬如铁，任我怎么触碰都纹丝不动。我没坚持多久，便睡着了。

突然有一天——在此之前，除了在树林劈柴时责怪我没劈够外，彼得几乎不跟我说话——他突然开口：“我必须走。”

“去哪儿？”我问。

“去参加那场战争。”彼得答道。

“在我们劈完足够的柴之前？”

“柴火，随它去吧。”彼得说。

“好吧。”我应道，“我们何时启程？”

他并未回答，依旧躺在黑暗中，冰冷而坚硬，仿佛一块钢铁。

“我必须走。”他重复道，“我无法忍受那些人如此对待我们的国家。”

“对。”我说，“柴火可以暂且不顾，我们确实该行动了。”这次，他听进去了。

“你？”他问道，“你也要上战场？”

“你对付大人，我来对抗小孩。”我答道。

然而，他明确表示我无法同行。起初，我认为他只是不愿我在背后跟随，就像他追求塔尔家的女孩时那般。但他解释说，是军队的规定不允许，因为我的年纪还小。这一刻，我意识到他已经下定决心自己出发了，无论我如何恳求或努力，都无法改变这一事实。

“我可以为你们劈柴挑水！”我争辩道，“这些都是必需的，不是吗？”

他转过身，把手轻轻按在我的胸膛上。

“不可以，”他坚定地说，“你得留在这里帮助父亲。”

“他有什么需要帮助的？”我反问道，“他的进度已经远远落后了，也不可能再落后更多。我去对抗日本人时，他完全可以照料这个小小的农场。我必须与你同行。如果你去，那我也必须去。”

“不行。”他坚持道，“别再说了，我不会带着你的。”他的决定是不会改变的，我深知这一点，尽管这话从他口中说出让我难以接受。

“那么，我是去不成了。”我无奈地说。

“是的。”彼得确认道，“你确实去不成。首要原因是你还太年轻，再者——”

“算了。”我打断他，“别说了，让我睡觉吧。”

于是他沉默了，重新躺下来。次日清晨，他向母亲和父亲宣布了这一决定。母亲表现得相对平静，尽管泪水在眼眶中打转。“不！”她哽咽着说，“你别离开。我宁愿代替你去，如果可能的话。我记得你们的马修舅舅参加的那场战争。他还未满十九岁就被征召入伍，那时我和母亲也如现在这般难过不已。但母亲对马修说，如果非去不可，那就去吧。所以，如果这仗非打不可，那你就得去。只是，请别期望我能理解这一切。”

然而，父亲并不赞同。他是一个直言不讳的人。“参军？”他说道，“恕我无法理解其意义何在。你还未达到征召年龄，国家亦未遭受实质威胁。在华盛顿的总统自会密切关注局势，并适时通告我们。况且，在你母亲提及的那场战争中，我被征召至得克萨斯，在那里足足驻守了九个月，直至战火平息。在我眼中，你们的舅舅已经承受了很多伤痛，对于国家的守护，我也已经尽了我的一份力，至少在我这一生中足矣。

更何况，如果你离开，谁来帮我料理农活？恐怕进度会大大落后啊。”

“记忆中，你似乎总是落在后面。”彼得评论道，“但我决心已定，必须前往。”

“他当然要去。”我插嘴道，“那些日本人——”

“你住嘴！”母亲哽咽着打断，“这里没人问你的意见。去，帮我拿些木柴来！那才是你该做的。”

我闭了嘴，出门拿柴火去了。接下来的一整天，我和彼得以及父亲竭尽全力储备木柴，因为以父亲的作风，不到最后一刻，他是不可能准备柴火的。母亲则专心地准备彼得出行的必需品，她清洗并修补了他的衣物，还为他准备了一鞋盒的干粮。夜晚，我和彼得躺在床上，听着母亲一边哭一边整理行囊。片刻之后，彼得起身走向后屋，我隐约听到他们的对话，母亲轻声道：“你若非去不可，我愿放手让你走。但我无法理解战争，也不会尝试去理解。”

彼得回到床上，他低声自语：“我必须去。”

“你说得没错！”我回应道，“毕竟，那些日本人——”他猛地翻过身来，紧紧地盯着我。

“说到底，你还不赖。”他评论道，“其他所有人加起来都没有你难对付。”

“我想我也是无奈之举。”我回答，“或许战争还会持续几年，我还有机会加入。说不定哪天我会突然出现在你面前。”

“我希望不会有那么一天。”彼得说，“人们奔赴战场不是为了娱乐。没有人会因为一时兴起，让母亲在家哭泣。”

"那你为何要去？"我追问。

"我必须去。"他重复了一遍，"现在快睡吧，我得赶早班车。"

"好的。"我应允，"听说孟菲斯是个大城市。你如何找到军队所在地呢？"

"我会打听怎样参军。"彼得说，"现在休息吧。"

"就这样问吗？怎样参军？"我追问。

"对。"彼得再次翻身，"别说话了，睡觉。"

次日清晨，母亲虽然不再哭泣，但神色凝重，忙碌地为我们准备早餐。她打包了彼得的行李，尽管彼得并不想带这么多，但母亲坚持认为，无论身处何方，哪怕是前线，体面的人都应有换洗衣物和存放衣物的地方。她在鞋盒中放入炸鸡、饼。一切准备就绪，是时候离开了。我们这时才得知母亲不打算去公交车站送行，她只是递给彼得帽子和外套，依然保持着冷静，她双手搭在彼得的肩上，眼神坚定而严厉，那神情与前夜彼得评价我"总的来说还不错"时如出一辙。

她说："永远记住自己是谁。你出身平凡，在法国人湾之外无人知道你是谁，但你的血与世界上任何一个角落的人一样尊贵，这是你不能忘记的。"随后，她轻吻了他。我们便一同步出家门，父亲提着彼得的行李，尽管彼得不太希望父亲这样做。天色尚暗，我们踏上公路，在信箱旁等待。不久，我们望见公交车闪烁着灯光由远处驶近，我凝视着它，直到彼得挥手示意停车，不觉间，白昼已至。我与彼得都默默地期待着父亲的临别之言，或许是一些类似"马修舅舅在法国的英勇表现和我在1918年的得克萨斯之行已足够守护1942年的美国"之类的安慰话语，但他并没有说这些。他的表现超乎寻常地庄重，他简单地说了几句："保重，孩子。记得你母亲的教诲，有空多给她写信。"彼得与父亲简单告别后将手搭在我的头顶，用力揉搓了几下，随即跃上了公交车。车门立刻关闭，车辆启动，伴随着轰鸣声、嘎吱声和摩擦声逐渐加速。很快，公交车消失在我们的视线中。即便我已将近九岁，那一刻还是哭得很伤心。

我和父亲回到家中，一整天我们都在森林里忙着砍柴，直到傍晚时分，我才找到个休息的好机会。我带上心爱的弹弓，虽然还想带上彼得赠予我的全部鸟蛋，但考虑到鸟蛋盒子过大，携带不便，且引人注目，我只精心包裹了一枚最珍贵的绿鹭蛋，将其放在火柴盒中，连同弹弓一同藏匿于谷仓一角。晚餐过后，我躺在床上，思绪翻涌，父亲的鼾声渐起，而母亲那边却是一片静寂。无论她现在是躺着还是坐着，我猜她肯定还醒着。于是，我轻轻拿起鞋子，将它丢到窗外，效仿彼得十七岁时的做法。他曾因父亲认为他年纪尚幼、不宜在夜间外出，而被禁止出门。我穿好鞋，悄悄前往谷仓，取走弹弓和那枚绿鹭蛋，踏上公路，向远方行进。

外面的温度不是很低，但天空很黑，公路在我眼前无限延伸，仿佛因无人行走而显得格外长。在某一刻，我几乎相信在朝阳追上我时，我无法走完通往杰弗森镇那二十二英里的路程。然而，事实并非如此，当我翻越山岭进入小镇时，天边才泛起曙光。空气中弥漫着早餐的香气，我后悔没带上一块干粮。彼得曾告诉我，要从杰弗森镇继续前往孟菲斯，可我没想到那竟有八十英里的距离。我孤零零地站在逐渐明亮的广场上，街灯仍亮着，孟菲斯离我还有八十英里。整整一夜，我才走完二十二英里。以这样的速度，等我到达孟菲斯，彼得恐怕早已启程前往珍珠港。一名警察低头审视着我，“你是从哪儿来的？”我向他解释：“我必须去孟菲斯，我哥哥在那里。”“那这里呢？有你的亲人吗？除了在孟菲斯的哥哥？”他继续问，“既然你哥哥在孟菲斯，那你怎么会出现在这里？”我重复着：“我必须到孟菲斯去。无论如何，我必须在今天抵达那里。”

“跟着我。”警官指示道。我们继续前行，穿过另一条街道，一辆公交车映入眼帘，与昨日彼得搭乘的那辆一模一样，只是此刻车内灯还没开，空无一人。此地设有一个正规的公交站点，配置着售票亭，亭内坐着工作人员。警官吩咐道：“你，在长椅上休息。”我乖乖坐下，他不知跟谁打了个电话后，转身对售票员说：“请留意他，等夫人起床梳洗完毕后，我即刻返回。”说完，他就走了。我起身走向售票亭。

“我需要前往孟菲斯。”我提出自己需求。

“自然。”对方回应，“请先回长椅等待，福特先生很快就会回来。”

“我不认识福特先生。”我解释道，“我只想乘坐那辆车前往孟菲斯。”

“你有足够的费用吗？”他问，“车票是七十二美分。”

我取出藏有绿鹭鸟蛋的火柴盒：“我用这个蛋交换去孟菲斯的车票。”

“那是什么东西？”售票员好奇地问。

“一枚绿鹭鸟蛋。”我信心满满，“非常罕见，价值一美元。我愿意以七十二美分出售。”

“这不可行。”他拒绝道，“公交公司只接受现金交易。若我用鸟蛋或牲畜作为车费，我将会失去这份工作。请回到长椅上，等待福特先生——”

我企图走出车站，却被他及时制止了。不久后，车站内热闹了起来。警官再度现身，跟在他后面的还有两位身着皮衣、妆容精致的女士，她们脸上满是因大清早起床仓促赶路的不悦。很快，她们就来到我身边，低头看着我。

“他竟然没有穿外套！”年龄稍大的女士惊叹道，“他是如何独自到达这里的呢？”

“我同样感到困惑。”警官回应，“但我从他口中未能获得更多信息，只知道他的兄长在孟菲斯，他正打算去那里。”

“是的。”我接话，“我今天一定要去孟菲斯。”

“你确实该去。”那个女士表示赞同，“你确定到了孟菲斯就能找到你哥哥吗？”

“我相信可以。”我回答，“我只有一个哥哥，而且我和他关系很好。我相信我能认出他来。”

女士仔细打量着我，说道：“他看起来不像是孟菲斯人。”

“或许他并不住在那里。”警官推测，“但他似乎坚信他哥哥在孟菲斯。我的职责是把他送到那里，让他自己去寻找。”

“没错。”女士说道。

另一位年轻的女士坐到长椅上，挨着我，打开手提包，取出笔和纸。“好了，小朋友。”女士继续说，“我们会帮你找到哥哥，但首先得为你建立个人信息档案。我们需要知道你的名字、你哥哥的名字，你的出生地，以及你父母离世的时间。”

“我不需要个人信息档案。”我坚持道，“我只需要前往孟菲斯，而且必须是今天。”

那位年长的女士只是站着注视着我。“哎呀！”她叹息，“我真的不知道该怎么办才好。”

“我心中有数。”售票亭里的男士提议道，“我愿意自掏腰包为他买张车票，以免发生骚乱或暴力事件，让公司陷入麻烦。这件事如果被政府知道后，或许会被视为公共服务，他们不仅会把票钱还给我，还可能授予我荣誉勋章呢。您意下如何，福特先生？”然而，无人回应他的提议。年长的女士仍是低头望着我，又叹了口气，随即从钱包中抽出一美元，递给公交站的男士。“这钱应该足够了吧？”她问道。

公交车司机终于同意我上车，那位警官还给了我一份三明治。“你真的可以找到你哥哥吗？”警官关切地问。“我想不出找不到他的理由。”我答道，“就算我没看到彼得，他也会认出我的。”

警官随后也离开了，没有再返回。我开始享用三明治。等乘客陆陆续续上车后，公交站的工作人员宣布发车时间已到，我就像彼得那样登上了车，旅程就此开始。一路上，我注意到信号杆在倒退，还有火车映入眼帘。穿过很多城镇后，我困得睁不开眼，但仍强打着精神，生怕错过任何风景。

渐渐地，孟菲斯出现在我眼前。它巍然屹立，仿佛逼近云端，这里的规模相当于十几个杰弗森镇。它坐落在田边，高度远超约克纳帕塔法的所有山峦。很快，我们正式进入了孟菲斯，公共汽车每隔几分钟便停下一次，两旁车辆呼啸而过，街道上人流如织。我不禁疑惑，整个密西西比州怎么会有人腾出手卖给我公共汽车票，更别提建立个人信息档案了。最终，汽车停在了一个车站前。我问司机："请问，参军报名处在哪儿？"

司机愣了一下，回应道："什么？"

我重复道："请问，参军的人去哪里报名？"

他恍然大悟，随即为我指了方向。起初，我担心在这偌大的孟菲斯会迷失方向，但我只问了两次便找到了目的地。我急于避开那些疾驰的车辆和拥挤的人群，心想很快就能见到彼得，甚至想象他可能先在人群中看到我。然而彼得并不在那里。只有一个手臂上佩戴着箭头标志的士兵正在写着什么。

我走向那位正在记录的士兵："请问彼得在哪儿？"他抬头望向我，我连忙补充："我的哥哥，彼得·格里埃。他现在在哪里？"

士兵一脸疑惑："抱歉，您说的是谁？"我再次说明："他昨天加入了军队，目标是珍珠港。我也一样，要找他。请问他在哪个地方？"此刻，周围的人都向我投来目光，但我并未在意。"请告诉我，他在哪里？"我再次追问。

士兵停止了书写，把双手摊开放在桌面上。"哦。"他说道，"你也要去，对吧？"

“是的！”我答道，“他们总需要柴火和水。我能劈柴挑水。快告诉我，我要去哪里找彼得？”

士兵起身站直。“谁允许你进来的？”他质问道，“别在这里胡扯了，出去！”

“别说这些没用的。”我固执地说，“你只需要告诉我……”

还没等我说完，他就从桌子那边绕了过来，将我逼到一旁。另一个人从背后将我紧紧抱住，我试图反抗，却没什么用。随后，又有两人从我身后将我牢牢控制住。与此同时，一名系着腰带、肩上斜挎着背带的士兵从后门步入房间。“发生了什么？”他惊讶地问。正当我用力挣扎时，那位佩戴背带的士兵说道：“好了，好了。朋友，冷静点儿。”他的语气令我想起了彼得，我停止了挣扎。

“松开他。”他命令道。士兵们依言松开了我。

“那么，这一番争执是为了什么？”我向他说明了缘由。“我懂了。”他点头道，“你是想在彼得离开前确认他的状况？”

“不完全是。”我解释道，“我来这儿是为了……”他却已转身走向第一位士兵。

“你知道他说的名字吗？”他询问道。第一位士兵回到桌边，查阅起文件来。

“找到了。”他告诉我们，“他昨天刚加入队伍。他所在的队伍即将于今晨启程前往小石城。”他看了一眼手腕上的手表补充道：“距离火车出发还有五十分钟。依我对乡村青年的了解，他们或许早已抵达车站。”

“请把他叫过来。”系背带的那人吩咐道，“给车站打个电话，安排一辆出租车。至于你，跟我来。”

我们走向位于办公室后方的一间小屋，里面只有最简单的桌椅。我们坐着，那位士兵吸着烟，没一会儿，我就听见了彼得的脚步声。第一个士兵开了门，彼得走进了房间。他并没有穿军装，和上公交车前没什么两样，尽管对我来说那仿佛是一个星期前的事了，这段时间发生了太多事，我好像长途跋涉了很久。彼得用那种我熟悉的眼神看着我，仿佛他从未离开过家。但事实上，我们现在身处孟菲斯，在去往珍珠港的途中。

“天哪，你怎么会在这儿？”彼得问道。

我向他解释：“你需要柴火和水做饭，我可以帮你们砍柴挑水。”

“不可以。”彼得拒绝道，“你应该回家去。”

“不，彼得！”我坚持，“我也必须去。我非去不可。我同样心如刀绞。”

“不。”彼得坚定地说。他转向那士兵：“中尉，我真不明白他这是怎么了。”

他又转向我：“你为什么要这样做？”

“我也不清楚。”我答道，“我只是觉得必须如此，必须来这里，必须找到你。”

“好了，以后绝不允许再做这种事，明白吗？”彼得警告我。

“如果这能让你回家，我愿意做任何事。”我恳求道，“彼得，彼得。”

“不可能。”彼得的语气不再急切，变得低沉而平和，“你必须回家，照顾妈妈，还有我的十英亩地也需要你照管。我希望你回家，今天就回去。知道了吗？”

“明白了。”我应答。

“他能够独自返回吗？”中尉问道。

“他是独自来到这里的。”彼得回应道。

“我想我可以回去。”我说，“我居住的地方又不会凭空消失，为什么会回不去？”

彼得从口袋中取出一枚硬币，递给了我。“这足以支付到我们家的公交车费用。”他吩咐道，“你要听从这位中尉的指示。他会护送你到车站。回到家后，照顾好妈妈，管理好我的十英亩地，清楚了吗？”

“清楚了，彼得。”我答道。

“我必须得出发了。”他再次把手搭在我的头上。但这次他没有玩笑般地拧我耳朵，只是把手轻轻地放在那里。随后，他俯下身，给了我一个吻，如果他没这么做，我才会感到惊讶。彼得离开了，门被紧紧地关上了，我一直低着头，沉浸在刚才的温情中，手指摩挲着被他亲吻的地方。与此同时，那位中尉靠在椅子背上，凝视窗外，开始咳嗽。他把手伸进衣兜，摸索出一件物品，甚至没转头看我，就直接递了过来——那是一片口香糖。

“感谢您。”我回应道，“嗯，我考虑现在就启程返回。毕竟，路程很远。”

“稍等片刻。”中尉打断了我。他再次拨打电话，我重申应该马上动身回家，他却坚持：“请等一等。难道你忘了你哥哥交代你的事情了？”于是，我在外等候，随后一位女士出现了，她也穿着皮大衣，不同的是，她身上散发出宜人的香气，手里没有笔也没有文件。她走进房间，士兵随即起身，女士环顾四周，直到她的目光落到我身上，她温柔又自然地将手搭在我的肩上，就像我的妈妈平时做的那样。

“来吧！”她邀请道，“我们先回家吃顿饭。”

“不用了。”我拒绝，“我得赶公交车回杰弗森。”

“没关系，时间还很充裕。先吃饭再说。”

她驾车带我来到了一座房屋前，下车后我们穿过一条林荫门廊，进入一间简朴的房间，里面只有一位穿戴比普通士兵更体面的非裔美国人。随后我们又进入了一道暗门，那里还有一位年长的士兵，腰间系着背带，双肩佩戴银色徽章。“我们回来了。”女士介绍道，“这是麦克·凯洛格中校。那么，你想要吃些什么呢？”

“我想，就来点儿火腿、鸡蛋和咖啡吧。”我答道。

她举起电话准备拨打，却又停了下来。她好奇地问：“你几岁开始喝咖啡的？”

“我不太清楚。”我答，“大概在我有记忆之前就开始了吧。”

“你马上就八岁了，对不对？”她追问。

“不！”我纠正道，“我已经八岁十个月大了，快接近十一个月了。”

她随即拨通了电话。我们边等待边聊，我向他们讲述彼得早晨刚启程前往珍珠港，我原计划与他同行，但考虑到需要回家照顾母亲并照料彼得的十英亩地，我改变了主意。她提到，他们家中也有一个与我年龄相仿的小男孩，目前在东部求学。随后，一位穿着一件略显短小的衬衫式外套的服务员，推进来一辆类似独轮车的小推车，上面摆放着我的早餐——火腿、鸡蛋、一杯牛奶，以及一块馅饼。我本以为自己很饿，但在尝了一口之后却发现难以吞咽，于是我立刻起身。

“我该离开了。”我宣布。

“请稍等片刻。”她回应。

“我必须离开了。”我重申。

“我已经叫了车，很快就到。难道你连牛奶也不想喝？或者来杯咖啡？”

“不用了，我并不觉得饿，还是回家再吃吧！”此时电话响起，但她并未接听。

“车来了。”她说，“汽车已经在门口了。”

我们再次穿过暗门来到房屋门口，这次是一辆大型轿车，驾驶位上是一位军人。我与他一同坐在前排。她递给那名士兵一美元。“他可能会饿。”她交代，“请为他找一个合适的地方用餐。”“没问题，麦克·凯洛格夫人。”士兵答应道。

我们再次启程了。车辆在孟菲斯市区穿梭，阳光下的一切格外明亮。接着，我们再次驶入田野与林间，车速加快，除了身边的士兵，我几乎感觉不到孟菲斯的存在。按照这样的速度，我预感我们很快就能到家，想象着自己乘坐由士兵驾驶的军车进入法国人湾的情景，我突然泪如泉涌。这突如其来的泪水让我自己也措手不及，我无法抑制，只好坐在士兵旁边，任凭泪水肆意流淌，而车辆疾驰向前。

夕阳（节选）

一

在杰弗森镇，每一天都很相似，包括周一。街道铺上了新的柏油，电话和电力公司在修剪树木，比如水橡树、杨树、刺槐和榆树，给电线杆让出位置。那些电线杆上挂着一串串电线，看起来挺沉的，有点阴森。镇上开了一家洗衣店，每周一早上，几辆鲜艳的车会停在人们家门口，收集一周的脏衣服。车开走时，从柏油路上传来了沙沙声。现在就连以前为白人洗衣服的非裔阿姨也开始用车来接送衣物了。

回想十五年前的那个周一，早上的街道尘土飞扬，大树遮天蔽日，到处一片静谧。那时，洗衣妇们得头顶着一大堆衣服走在路上。她们头上扎着头巾，稳稳地顶着那一大包衣服，从主人家的厨房走到自己在贫民窟的小屋，一路上都不用手扶一下。

南希总是先把衣服放到头上，再戴上她那顶一年四季都戴着的黑色水手帽。她个子高高的，脸上总是带着悲伤的表情，嘴因为少了几颗牙而有点儿凹陷。有时候我们会陪她走一段路，穿过小巷，越过草地，看她头上的那个大包还有那顶从不晃动的帽子，即使她爬过水沟或者弯腰从栅栏下钻过去时，帽子都稳稳的。她像只猫一样四肢着地爬过水沟，头还直直地朝上，然后站起来继续走，头上的衣服堆像是固定住的石块或者飘着的气球。

有时候，洗衣妇的丈夫会帮忙搬运，但耶苏从不帮南希，即使在爸爸还允许他来我们家时，甚至在迪尔西生病、南希代替她来帮我们做饭的那段时间，耶苏也没帮忙。而且，只要轮到南希做饭，我们常常得穿过小巷，到她家门口喊她快点儿来做早餐。爸爸不让我们和耶苏打交道，因为他脸上有道疤，看着让人害怕。所以，我们就站在水沟边，朝着南希的小屋扔小石子，直到南希光着身子，靠在门框上出现。

“你们为啥要砸我的房子啊？”南希问，“小家伙们，找我有啥事？”

“爸爸让你赶紧去做早餐。”凯蒂说，“爸爸说你已经迟了半个小时了。”

“我还没想早餐的事情呢，”南希说，“我得先睡醒了再说。”

“我觉得你是喝醉了，”杰生说，“爸爸也是这么说的，南希，你是不是醉了？”

“谁说我醉了？”南希回答，“我得先睡饱了，早餐的事情等会儿再说。”

她说完，我们就不再扔石头，直接回家了。南希总是迟到，害得我上学也差点儿迟到。我们都以为她迟到是因为喝酒了，直到有一天，她又被抓起来，在被送往监狱的途中，路上遇到了银行的出纳，就是教堂执事斯托瓦尔先生。南希突然说："你啥时候给我钱……"

斯托瓦尔先生一拳就把她打倒了，但她还是不停地说，"你啥时候给钱？你已经三次没给钱了。"斯托瓦尔先生狠狠用脚踢了她的嘴，警察赶紧拦住了他，南希躺在地上，竟然笑了。她转过头，吐出了血和碎牙齿。

那就是她掉牙齿的原因。那天，大家都在谈论南希和斯托瓦尔先生的事情，监狱附近的人整晚都能听到南希的叫喊。南希一直闹到天亮才停下来，这时看守听到楼上传来奇怪的声音。他上楼发现南希用绳子把自己吊在了铁窗栏上。看守说那是因为她喝了威士忌，他剪断绳子救下了南希。南希计划得很好，她是用自己的衣服做成绳子的。但是被抓的时候她身上就只穿着那一件衣服，所以她没办法绑住自己的手，两只手紧紧抓着窗台不放，才弄出了奇怪的声响。

那一天，迪尔西生病在家，南希过来帮忙做饭。我们看到南希的围裙下鼓起来了。耶苏还没被禁止来我家，他坐在厨房里，脸上的疤痕很显眼。

"南希在围裙下藏了个西瓜。"耶苏说。

"那又不是从你的西瓜藤里长出来的。"南希回答。

"西瓜藤是什么？"凯蒂问。

"你怎么能在孩子们面前说这种话？你干活去。"南希说。

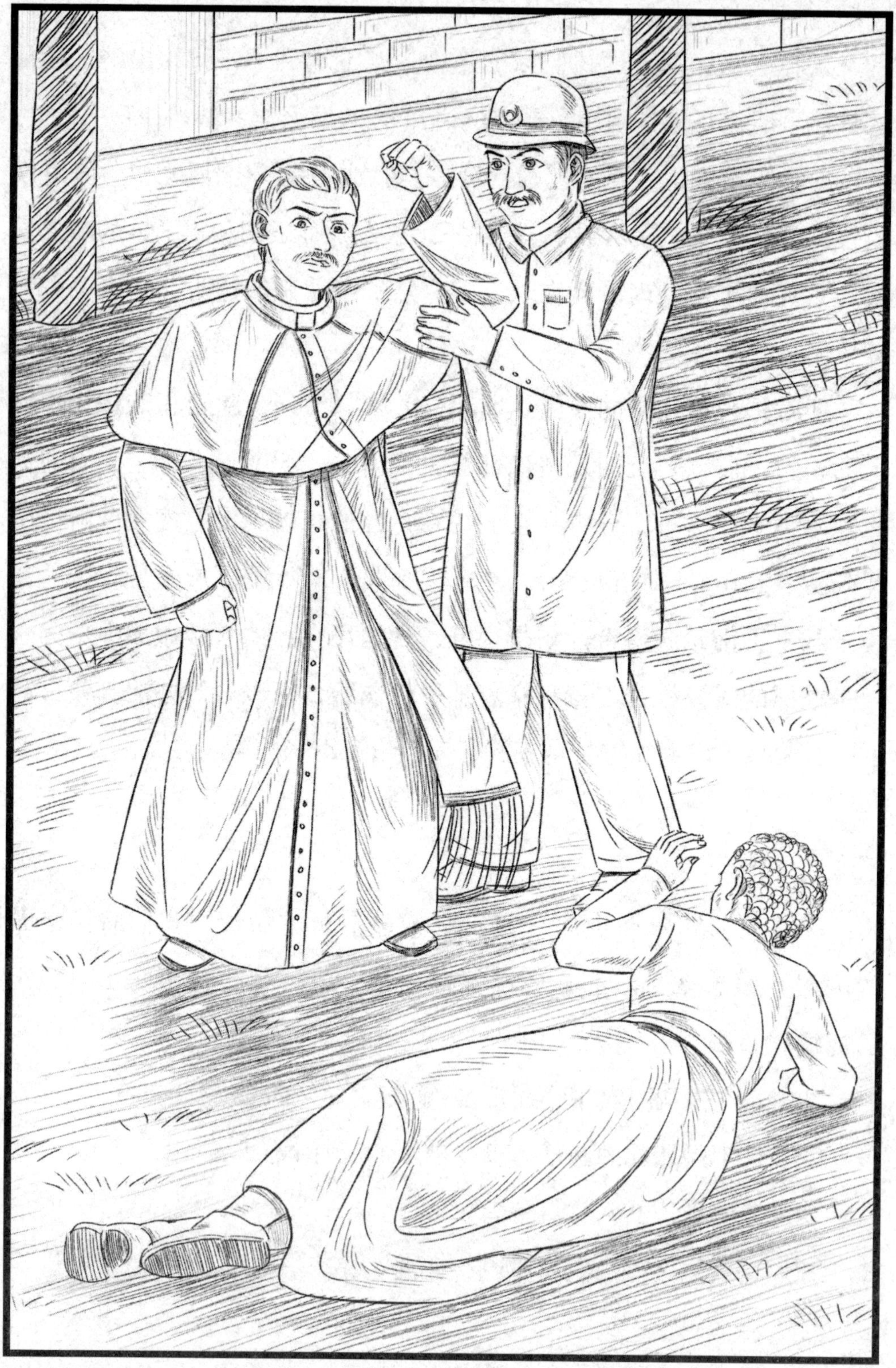

“我不能在白人家闲逛，但你们却可以在我家厨房里待着。”耶苏说。

迪尔西的病持续了很久，而爸爸已经不允许耶苏来我家。晚饭后，我们在书房里玩。

“南希的工作结束了吗？”妈妈问。

“去看看，告诉她就可以回家了。”爸爸说。

“南希，你可以回家了。”我告诉她。她坐在那儿，看着我。

“你完成工作了吗？”我问。

“是的。”南希说。

我回到书房，告诉妈妈：“她说她完成工作了。”

“她在做什么？”妈妈问。

“没做什么。”我回答。

“我去看看。”爸爸说。

“也许她在等耶苏来接她。”凯蒂说。

“耶苏走了。”我说。南希告诉我们，有天早上，耶苏不见了。

“那就好了。”爸爸说。

“南希怕黑。”杰生说。

“你也怕。”凯蒂说。

“才不是。”杰生否认。

“别吵了，凯蒂。”妈妈说。

爸爸回来了。“我送南希回去。”他说。

“你把我一个人留下？”妈妈不满地问。

“我很快就回来。”爸爸说。

“我也要去。”凯蒂说。

“我也去。”杰生说。

“杰生！”妈妈呵斥了一声。我们赶紧走了。

“耶苏对我很好。”南希说。我们没有接话，继续走着。

“只要走出这条巷子，就没事了。”南希说。

“杰生曾经在万圣节前在这里被吓哭了。”凯蒂回忆。

“我才没有。”杰生否认。

“你觉得雷切尔奶奶能不能劝动他？”爸爸问道。雷切尔奶奶已经老了，住在南希家附近的一间小屋里，一个人过日子。她的头发已经全白了，整天都坐在屋里吸烟斗，不再出去工作了。有人说她是耶苏的母亲，她有时承认，有时又否认与耶苏有关系。

“你就是怕了，”凯蒂说，“你比弗洛尼还胆小，比 T.P 还胆小，比所有朋友都胆小。”

“没人说得动他。”南希说，“他说是我唤起了他心中的恶魔，只有一种办法能让它平息。”

“可他已经离开了。”爸爸安慰她，“你不必再害怕了。只要你别再招惹那些白人。”

“招惹哪些白人？”凯蒂问，“怎么才算是招惹他们？”

“他哪儿也没去。”南希说，“我能感觉到，我现在就能感觉到他，就在这条巷子里。他正在聆听我们说的每句话，藏在某个角落里。我看不见他，但我知道，直到他拿着剃刀出现在我面前，就是常在他衬衫上、皮带上挂着的那把。到时候我一点儿也不会感到惊讶。”

“那天我一点儿也不害怕。”杰生插话道。

“如果你规矩点儿，就不会发生这样的事。”爸爸说，“但现在没事了。他可能已经去了圣路易斯，也许又娶了新娘，早就把你忘了。”

“如果他真这么做了，最好不要让我知道。”南希说。

“嘘！”爸爸打断她。

“你想怎么样，南希？”凯蒂好奇地问。

“我才不怕呢，”杰生说，“我敢一个人走这条巷子。”

“哈，”凯蒂嘲笑说，“如果不是我们都在这里，你连一步都不敢迈。”

二

迪尔西的病还没好，所以我们每天晚上都得陪南希回家。可妈妈开始不高兴了：“你们啥时候才回来？我独自在这大房子里担惊受怕，你们倒是去送那吓坏了的用人回家。”于是我们只好在厨房给南希铺了张床。

有天晚上，我们被一个声音吵醒了。声音从楼梯上传来，像在唱歌又像在哭。妈妈的房间亮着灯，爸爸走过走廊，往后楼梯走去。我和凯蒂悄悄走到走廊上，地板冷得像冰。我们静静地听着，连脚尖都不敢碰地。那声音是南希常唱的那种调子。

声音突然停了，我们听见爸爸从楼下走上来。等我们走到楼梯口，那声音又传来了，这次更轻一些。我们看见南希在楼梯中间，贴着墙壁，就像一只大猫一样，盯着我们。我们下楼靠近她，她就不说话了。我们站在那儿，直到爸爸从厨房出来，拿着枪走上楼，又和南希一起下楼去拿她的被褥。我们在自己的房间给南希铺好床。等妈妈房间的灯灭了，我们又能看见南希的眼睛了。

“南希，”凯蒂轻声说，“你睡着了吗？”

南希嘟囔了一句，我也没听清楚。这声音好像不是人发出来的，它从虚无中来，又消失在虚无中，连南希的存在都变得模糊了。就像我在楼梯上盯着南希的眼睛，它们就像烙印一样留在了我的眼睛里；就像闭上眼睛后，太阳的影像还会留在眼前。

“哦，天哪，”南希低声说，“天哪。”

“是他吗？”凯蒂问，“他想进厨房吗？”

“天哪。”南希又重复道，声音拖得很长，并且越来越弱，就像火柴熄灭了一样。

“她是在说另一个天哪。”我说。

“你看见我们吗？”凯蒂悄声问，“你也看见我们的眼睛吗？”

“我只是个黑人，”南希说，“上帝知道，上帝知道。”

“你在楼下厨房看到了什么？”凯蒂小声问道，“有什么人想要进来吗？”

“只有上帝知道，”南希说道，只有她的眼睛在黑暗中闪烁，“只有上帝了解。”

迪尔西终于好起来了，开始给我们做午饭。

“或许你应该再休息一阵子。”爸爸建议说。

“为什么？”迪尔西问，“如果我再拖延一天，这厨房就会一团糟。你们都出去，让我整理一下。”

晚饭是迪尔西做的。天刚黑，南希走进了厨房。“你怎么知道他回来了？”迪尔西问道，“你又没见过他。”

“耶苏是个黑人。”杰生插话说。

“我能感觉到他，”南希说，“我能感觉到他就藏在那边的暗处。”

“今晚？”迪尔西问，“他今晚就在那儿？”

“迪尔西也是黑人。”杰生又插话说。

“来吃点儿东西吧。”迪尔西说。

“我没胃口。”南希说。

“我不是黑人。”杰生继续。

“来杯咖啡吧。”迪尔西说着，给南希倒了一杯。

“你真的确定他今晚在外面？你怎么知道就是今晚？”

“我知道，”南希说，“他在等着我。我知道。我和他在一起太久了。我知道他要干什么，甚至在他自己意识到之前我就知道了。”

“喝点儿咖啡。”迪尔西又说了一遍。南希轻轻吹了吹杯子里的咖啡。

“我不是黑人，”杰生坚持说，“南希，你是黑人吗？”

“我是从地狱边缘来的，孩子。”南希说，“很快，我就什么都不是了。不久，我会回到我该去的地方。”